Carmen-Francesca Banciu – **Vaterflucht**

Carmen-Francesca Banciu

Vaterflucht

Roman

Mit einem Nachwort von
György Dalos

PalmArtPress
Berlin

Bibliografische Information der Deutschen Nationalbibliothek
Die Deutsche Nationalbibliothek verzeichnet diese Publikation in der
Deutschen Nationalbibliografie; detaillierte bibliografische Daten sind
im Internet über http://www.d-nb.de abrufbar.

ISBN: 978-3-96258-084-1

l. Auflage 1998 Volk und Welt, Berlin
2. Auflage 2009 Rotbuch Verlag, Berlin

Alle Rechte vorbehalten
© 2020 PalmArtPress bei Carmen-Francesca Banciu

Umschlagzeichnung: Carmen-Francesca Banciu
Gestaltung: Nicely Media
Druck: Schaltungsdienst Lange, Berlin
Hergestellt in Deutschland

PalmArtPress
Verlegerin: Catharine J. Nicely
Pfalzburger Str. 69, l0719 Berlin
www.palmartpress.com

Ganz im Sinne der Nachhaltigkeit wurde diese Publikation auf
FSC-zertifiziertem Papier klimaneutral gedruckt und garantiert
eine weltweite nachhaltige Waldbewirtschaftung.

für eghe und p

I

Mein Vater ist ein kleiner, alter Mann mit Glaskugeln in den Augenhöhlen. Seit ich ihn das letzte Mal gesehen habe – und das ist schon eine Weile her, etwa sieben Jahre –, seitdem sind seine Augen blauer und gläserner, sein Mund größer geworden. Und strahlend das Silber in seinem Haar. Die Farbe seiner Haut ist gesünder. Mein Vater glaubt an die Zukunft. Mein Vater lebt in Rumänien und glaubt an die Zukunft des Sozialismus. Das gibt ihm Kraft, meine schweren Koffer zu tragen, die ich, für ihn vollgepackt, aus dem Westen mitgebracht habe.

Mein Vater glaubt nicht an den Westen. Der Westen mit seinem verschwenderischen Wohlstand ist für ihn eine Fiktion. Eine Fiktion, die keiner zugeben will, wenn er zurückkommt. Damit man ihn nicht auslacht, weil er gegangen ist. Deswegen trägt mein Vater die Koffer mit einer gewaltigen Kraft und lehnt es ab, ein Taxi zu nehmen. Ich muss mich fügen. Denn ich bin gerade erst angekommen und habe noch kein rumänisches Geld. Es ist noch zu früh zum Wechseln. Ich muss mich fügen. Nach vierundzwanzig Stunden Zugfahrt schleppe ich mich wie ein betrunkener Hund hinter meinem Vater her. Bin wieder das Kind. Das brave. Das demnächst rebellieren wird.

II

Er steht am Bahnhof in seinem alten Ledermantel, mit seiner kirgisischen Astrachanmütze, und wartet auf mich. Seine Lippen wie Scherenblätter.

Immer waren seine Lippen schneidend. Schonungslos: Nichts taugst du. Nichts wird jemals aus dir. Und niemand wird dich heiraten. Jahrelang habe ich diese Sätze gehört. Jahrelang habe ich die Wunden der Schere in mir getragen. Die tiefen Spuren dieser unerbittlichen Art, jemanden zum Perfektionismus zu erziehen. Du darfst keine Fehler machen, pflegte mein Vater mir zu sagen. Und ich habe schon sehr früh begriffen, was man von mir erwartete.

Wir waren eine exemplarische Familie. Ich war stolz darauf. Ich war stolz auf jede Last, die ich mit meinen Eltern teilen konnte. Ich musste selbstbewusst, selbstkritisch und verantwortungsvoll sein. Einfluss auf andere nehmen. Damit die Welt besser wird.

La valeur n'attend pas le nombre des années.

Wir wohnten in der Siedlung der Partidul Comunist Roman im »Block PCR«. So hieß unser vierstöckiges Wohnhaus. Es war das erste Etagenhaus in unserem Städtchen. Ein fortschrittlicher Bau mit fließendem Wasser und WC, für die fortschrittlichste Schicht des Landes. Und wir gehörten dazu.

Im PCR-Block waren alle erwachsenen Mitbewohner aktiv für das Wohlergehen des Landes tätig.

Nein, sie kämpften. Im Klassenkampf. Sie waren also Kämpfer für das Wohlergehen des Vaterlandes und das Florieren der Kommunistischen Partei. Alle Väter und manche Mütter im Haus waren Parteifunktionäre. Propagandisten. Ich hatte das unbeschreibliche Glück, zwei politisch bewusste Kämpfer in der eigenen Familie zu haben.

Wir waren eine exemplarische Familie. Und gehörten zu einer größeren. Zu einem Stamm. Dem Stamm der PCR-Leute.

Sogar für die Kinder unseres Stammes musste ich ein Vorbild sein. Mutter und Vater erwarteten es von mir. Und ich konnte sie nicht enttäuschen. Vater hatte sich unter anderem vorgenommen, den Neuen Menschen in der eigenen Familie zu produzieren. Ich hatte mehr Pflichten als die anderen Kinder. Mein Bewusstsein. Mein Verantwortungsgefühl sollte größer sein als das der anderen. Keine kindlichen Entschuldigungen. Keine Tricks. Keine Verspieltheit. Ich kann mich nicht entsinnen, dass mir jemals ein Fehler verziehen wurde.

Nie hatte ich Zeit. Ich sollte immer etwas tun. Etwas Nützliches. Etwas, das mich weiterbringen würde. Etwas, das den anderen auch helfen könnte. Meine Zeit war schon von Kindheit an verplant. Sie reichte selten zum Spielen. Die Erlaubnis, mit Gleichaltrigen zusammen zu sein, musste ich mir erkämpfen. So manches Mal stand eine Schar Kinder vor unserer Tür, die mich von meinen Pflichten befreien wollte. Sie baten meine Eltern inständig.

Versuchten, meine Mutter zu überreden. Ab und zu gab sie nach. Mit einem vorwurfsvollen Blick. Ich wusste genau, was der bedeutete. Welche Predigten ich hinterher zu hören bekam. Wie bedauerlich schwachsinnig ich meine Zeit vertreiben würde. Wie bedauerlich meine Einstellung zum Leben wäre. Denn jeder liegt, wie er sich bettet. Und meine Eltern würden sich für mich opfern. Damit ich es später im Leben besser haben würde als sie. Denn für sie hätte sich ja keiner so geopfert. Sie mussten aus eigener Kraft etwas werden. Und keiner hätte für sie nur einen Pfennig ausgegeben, damit sie was lernen könnten. Damit sie sich bilden. Damit.

Das sagte Vater immer. Was Mutter betrifft, sie hatte ein Pensionat besucht. Eine Privatschule für wohlerzogene Töchter.

Klavier. Violine. Selbst Ballettunterricht bekam ich. Obwohl Ballett als Überbleibsel der kleinbürgerlichen Erziehung galt. Das wurde mit Gymnastikunterricht ausgeglichen.

Dabei hasse ich Gymnastik. Wie jede Art von Sportunterricht.

Klavier. Violine. Ballett. Gymnastik. Russisch. Französisch. Englisch. Irgendeinen Unterricht hatte ich immer. Während meine Freundin Juliana vergnügt ihren Puppenwagen hin und her schieben durfte.

Klavier spielen hatte mir Spaß gemacht. Am Anfang. Der kleine, alte, taube Dicke mit den grunzrosa Ohren, der mir immer auf die Finger klopfte, hat ihn mir ausgetrieben. Er sollte mein Klavierlehrer sein. Mutter kannte ihn von früher. Als sie noch Klavierunterricht bekam. Ich glaube nicht, dass es Mutters Rache war. Es war ihre eigenwillige Art, mir früh genug ein Bild vom Leben zu vermitteln. Ich sollte lernen, über den Dingen zu stehen. In gewissem Sinne ist mir das auch gelungen. Denn Klavier spiele ich heute noch gern.

Mit der Violine ging es ziemlich früh den Bach runter. Als mein Lehrer mir an die sprießenden Brüste fasste. Und ich zitternd nach Hause kam. Ohne Schuhe. Ich gebe dir einen Leu! Schrie er mir hinterher. Ich gebe dir mehr. Noch mehr.

Meine Eltern mussten einsehen, dass man sich nicht um jeden Preis Bildung aneignen sollte. Und fanden, dass man sehr aufpassen muss. Damit die Überbleibsel des vergangenen Regimes die Kinder der Neuen Ära nicht vergiften. Unter uns haben sich reaktionäre Kräfte versteckt. Und die sollte man sofort entlarven. Jeder muss dazu beitragen. Wir müssen besser aufpassen. Und welch ein Glück, dass es uns diesmal gelungen ist!

Klavier. Violine. Ballett.

Mutter wollte, dass ich kleine Schritte mache. Dass ich mit kleinen Bissen esse. Dass ich mich sanft und elegant bewegen lerne. Ballettunterricht machte mir auch Spaß. Aber irgendwann durfte ich nicht mehr hingehen. Dabei hätte ich gern mein ganzes Leben lang getanzt. Meine Freude durchs Tanzen ausgedrückt. Sich ausdrücken. Tanzen. Sich verlieren und vergessen. Und wiederfinden. Aber das war nicht der Sinn der Sache. Unpolitisches Handeln wurde Mutter vorgeworfen. Vater war wütend. Entsetzt. Mutter gab zu, einen Fehler begangen zu haben.

Ich schrieb schon damals. Das musste keiner wissen. Das konnte mir keiner wegnehmen.

Irgendeinen Unterricht hatte ich immer. Während Juliana mit dem Puppenwagen spielte. Und die anderen *Țări-orașe-munți-și-ape* oder Völkerball spielten. Und die Spielregeln so festlegten, dass man sich bei jedem Ballwechsel küssen musste. Aus Pflicht. Und nicht aus reinstem Vergnügen.

Ich hatte keine Zeit zum Küssen. Ich musste nämlich auch noch für meine Tiere sorgen. Immer besaß ich irgendein Tier. Damit ich nicht so mutterseelenallein war. Und damit ich besser lernte, Verantwortung für andere zu tragen. Das hat meine Liebe zu Tieren nicht ausrotten können. Ich fühlte mich mit ihrem Schicksal verbunden. Immer wieder besaß ich ein Tier. Und irgendwie endete es immer in der Katastrophe. Meine Taube ertrank in einem Heizöltank auf unserem Hof. Das Kaninchen endete in der Pfanne. Die Eichhörnchen fraßen selbstgemachte Seife. Mein geliebter Kater hat seine Hoden auf einem Stacheldrahtzaun aufgespießt. Die Fische. Ihre weißlichen dicken Bäuche nach oben gerichtet. Der Geruch des Todes legte sich über meine Kindheit.

Klavier. Englisch. Violine.

Manchmal raubte ich mir die Zeit. Vergaß den Klavierunterricht. Ging mit den anderen Kindern die Marosch entlang zum Angeln. Ich wusste, was das für eine schwere Sünde war und was für Folgen mich erwarteten. Die rötlich geschwollenen Spuren auf den Wangen. Die dunkelblauen Striemen auf dem Hintern. Mutters Reaktion konnte ich schon längst einschätzen. Dennoch riskierte ich es immer wieder.

Mit dem Lügen war das so eine Sache. Ich konnte es mir eigentlich nicht leisten. Wenn Mutter immer wieder fragte, was ich den lieben langen Tag getrieben hätte, konnte ich einiges weglassen, einfach nicht erwähnen. Aber wenn sie mich ausdrücklich fragte, ob und wann, dann musste ich alles zugeben. Und den Riemen bringen. Ich rebellierte auf meine Art. Und brachte ihn. Reichte ihn ihr, ohne zu zögern. Mutter spannte den Riemen. Schlug mit immer mehr Wut. Du weinst nicht einmal. Nein. Ich weinte nicht. Ich wusste, dass Weinen eine Schwäche ist.

Manchmal raubte ich mir die Zeit. Meine Eltern arbeiteten viel, waren selten zu Hause. Vater am allerwenigsten. Sie erteilten mir Aufgaben. Eine davon war, sehr gut in der Schule zu arbeiten. Man erwartete von mir, dass ich die Beste sei und jedes Jahr den ersten Preis bekomme.

Nichts taugst du, nichts wird aus dir. Und niemand auf dieser Welt wird dich jemals heiraten. Meinte Vater, um mich zu motivieren.

Meine Eltern arbeiteten sehr viel. Vaters Leben bestand ausschließlich aus Arbeit. Mutter machte oft Überstunden. Als Vorsitzende der Kommunistischen Frauenorganisation musste sie tagelang in Dörfern herumrennen. Mit staubigen Stiefeln. Eine richtige

Natascha. Für kurze Zeit hatten wir eine Haushaltshilfe. Eine rosige schwäbische Oma aus dem Banat. Ich weiß nicht, ob Vater wieder nur sparen wollte.

Oder ob es die Partei war, die die Ausbeutung des Menschen durch den Menschen verurteilte. Jedenfalls blieb ich mit acht bereits allein. Musste mich selbst versorgen. Die Wohnung putzen. Ordnung halten. Mir das Essen aufwärmen. Und zur Not selbst kochen. Eine Einkaufsliste und Kochrezepte legten sie mir hin. Meine Hausaufgaben musste ich erledigen. Zum außerschulischen Unterricht gehen. Angst vorm Alleinsein durfte ich nicht haben.

Ich gehörte zu den ersten Schlüsselkindern unserer Stadt. Zu den ersten Schlüsselkindern unserer Gesellschaft. Den Schlüssel an einer Schnur um den Hals, vertrieb ich mir gern etwas die Zeit bei unseren Nachbarn. Mit ihren Kindern. Dabei lauschte ich, ob meine Eltern schon kommen. Und schlich mich schnell vor ihnen in unsere Wohnung.

Angst vorm Alleinsein war nicht erlaubt. Ich hatte Angst vor dem Angsthaben. Hoffte, dass man mir das nie ansehen würde.

Bevor meine Eltern nach Hause kommen mussten, guckte ich immer wieder aus dem Fenster. Wollte alles vorbereiten. Mich einstellen. Ich hasste es, von ihnen überrascht zu wer den. Meistens ging es daneben. Wenn sie sich verspäteten, guckte ich immer wieder auf die Uhr. Auf meine Liste. Ob alles getan war. Rannte von der Tür zum Fenster. Und vom Fenster zum Balkon. Nahm mal hier und mal da etwas in die Hand. Ordnete das eine oder

andere. Übte Klavier. Wollte, dass sie mich bei etwas Nützlichem überraschten. Ich wusste nie, was sie diesmal für unerledigt halten würden. Ich kontrollierte die Küche. Das Bad. Wurde immer nervöser. Fing an zu zittern. Manchmal verspäteten sie sich um einen Tag. Dann kamen sie endlich, und ich hatte vergessen, den Mülleimer zu entleeren. Ich holte den Riemen. Ordnung muss sein. Und Disziplin. Auf einen Genossen muss man sich in jeder Situation verlassen können.

Ich wollte meinen Eltern gefallen. Nein. Ich war durchdrungen von der Wichtigkeit, ein Neuer Mensch werden zu müssen. In unserem Haus waren alle Erwachsenen damit beschäftigt. Ich galt schon immer als Wunderkind. Das hörte Vater gern. Ich tapste in seine Spuren. Kein Sohn. Aber immerhin.

In unserem Stamm. Sogar in unserer Stadt waren alle Augen auf mich gerichtet. So pflegte man mir zu erklären. Ich konnte es mir nicht leisten, all diese Leute zu enttäuschen. Ich entwickelte mich vielversprechend. Meine Meinungen waren kindlich, aber »gesund«. Ich durfte sogar mit dem Ausland korrespondieren. In der sowjetischen Republik Moldawien hatte ich eine Freundin, Svetlana Vrabie, was auf Rumänisch so viel heißt wie Spatz. Svetlana Spatz. Eine russisch-rumänische Namenskonstruktion. Sie entsprach dem, was Moldawien darstellte. Ich schrieb ihr auf Rumänisch mit kyrillischen Buchstaben. Ich schrieb also auf Moldawisch. Moldawisch war eine russische Erfindung. Der Krieg war seit einiger Zeit vorbei. Inzwischen erlaubte die Partei. Und befahl das

Vaterland. In uns sollte nun auch der Patriotismus aufflackern. Neben dem Internationalismus. Und bei allem Respekt vor dem Großen Bruder sollte die Neue Generation nicht vergessen, dass Moldawien rumänische Erde ist. Wenn auch langfristig verliehene. Man versuchte, uns dies einzutrichtern, ohne die Beziehung zur Sowjetunion damit zu belasten.

Ich ahnte nicht, dass es eine politische Entscheidung war, mich mit Ausländern korrespondieren zu lassen.

Meine andere Freundin war aus Frankreich. Die Partei erlaubte dem westlichen Feind, einen Blick in unsere Realität zu werfen. Ein »gesundes« Bild von ihr zu bekommen. Und dazu sollte jeder nach seinen Kräften beitragen. Ich war mir meiner Verantwortung nicht bewusst.

Unser PCR-Block war das erste Etagenhaus an der Marosch. Uns Kindern wurde immer gesagt, die Marosch, der Mureș, sei der Fluss, der Siebenbürgen vom Banat trenne. Auch unsere Stadt war durch die Marosch geteilt. Vielleicht hatte das einen Grund. Es muss womöglich alles seinen Grund gehabt haben. Einen politischen.

Unsere Gegend gehörte früher zum Mehrvölkerstaat Kakanien. Und heute ist sie von Grenzen geprägt. Ein Gebiet, das an Ungarn grenzt. Nur wenig entfernt von Vojvodina, dem Serbischen Banat. Ein multikulturelles Gebiet mit vielen »nationalități conlocuitoare«. Eine lebendige Gegend mit gemischtem Blut.

Kurz nach einer Modernisierung unseres Hauses wurde nebenan ein Wohnblock der MFA gebaut, des »Ministerul Forțelor Armate«. Eine Siedlung der Armee. Zwischen uns Kindern des PCR-Blocks und denen des MFA herrschte stärkste Konkurrenz. Machtkämpfe. Kriege führten wir. Wer ist stärker, die Partei oder die Armee. Selten war eine Verbrüderung möglich.

Erst später begriff ich, dass während des Krieges die Kommunisten mithilfe des Königs an die Macht gekommen waren und eine Militärdiktatur ersetzt hatten. Die von Marschall Antonescu. Der König hatte sich auf die patriotische Pflicht der Kommunisten berufen und sie aus der Illegalität und aus dem sowjetischen Exil geholt, um Rumänien zu retten. Dieselben Kommunisten, nicht mehr als eine Handvoll, die unter dem Schutz des Königs standen, zwangen den König danach zum Abdanken.

Dann holten diese Genossen die Russen ins Land. Sie holten die Mächtige und Unbesiegbare Rote Armee mitsamt ihren Panzern. Die Rumänien befreien sollte. Schließlich war Krieg.

Rumänien wurde befreit. Und gesäubert von Rumänen.

Sie wurden alle zu Russen. Sie sprachen russisch. Lasen russisch. Die Buchhandlungen und Verlage hießen »Das russische Buch«. Über Nacht wurde Rumänien ein slawisches Land. Mit slawischer Vergangenheit. Die Geschichte wurde neu geschrieben. Man entdeckte, dass Rumänisch eine slawische

Sprache sei. Damit alles auch seine Ordnung hatte, wurden Buchstaben erfunden und eingeführt. Die Orthografie wurde verändert. Die Orthografie des Namens Rumänien wurde verändert. Damit so wenig wie möglich an die romanischen Wurzeln erinnern konnte. Das russische Alphabet einzuführen gelang aber nur in dem Teil Moldawiens, der nach dem Krieg zur Sowjetunion kam.

Wer war stärker. PCR oder MFA. Diese Frage war für uns Kinder schwer zu beantworten. Denn mit der Zeit vergrößerte sich die Siedlung der MFA-Leute und änderten ihren Namen. So zogen dort auch die Sicherheitskräfte der Stadt ein, die zum Innenministerium gehörten.

Der Sicherheitsdienst und die Armee standen im Dienste der Partei. Die Partei diente der Ideologie. Und die Ideologie sollte dem Vaterland dienen. Dem Menschen. Der Krönung der Schöpfung. Die stärker sei als die Natur.

Oder vielleicht war es anders. Denn man kann sich nicht vorstellen, zu welchen Kämpfen das zwischen uns Kindern der zwei Wohnblöcke führte. Die Armee war im Dienste des Vaterlands. Und die Sicherheitskräfte im Dienste der Partei. Und die Partei im Dienste der Ideologie.

Oder.

Der Mensch war aber tatsächlich stärker als die Natur. Unverwüstlich. Und sollte alles überleben.

La valeur n'attend pas le nombre des années. Dass die Tugend nicht vom Alter abhängig sei, wussten wir alle, wir Kinder vom PCR-Block. Wir waren uns unserer Aufgaben bewusst. Ihr seid die neue Garde, pflegte man uns zu sagen. Ihre tragt eine große Verantwortung.

Wir hatten die große Chance. Alle Chancen hatten wir. Sogar die, saubere Akten zu haben. Die dunklen Flecken in der Vergangenheit unserer Eltern auszulöschen. Wir, die Generation einer Neuen Welt.

Ich kann mich an Vaters leuchtende Augen erinnern, wenn er über unsere Chancen sprach. Mit Neid fast. Neid und Bewunderung. Und viel Strenge. Diese Chance muss man sich verdienen. Nichts ist umsonst, alles ist mit Schweiß verbunden. Mit Schweiß und Opfern. Immer wieder muss man etwas opfern, wenn es um wichtige Dinge geht. Und was konnte schon wichtiger sein als die Neue Welt, die wir aufbauen würden. Deren Fundament unsere Eltern gerade legten. Kein Opfer wäre groß genug, um diese große Aufgabe zu erfüllen. Wie privilegiert wir waren!

Na ja. Und so ging's dann. Und Vaters Augen glänzten. Und waren feucht. Seine Stimme. Die Neuen Zeiten, die er nicht mehr erleben würde. Der Neue Mensch. Und unsere Kinder. Und das Glück. Die erfüllten Aufgaben.

Ich glaube, ich war nicht einmal sechs.

Vater konnte man keine Vorwürfe machen. Seine Abstammung war eindeutig »gesund«. Er war parteitreu und wollte nach ganz oben. Ich hatte die beste

Zukunft vor mir. Niemand zweifelte daran, dass man sich auf mich verlassen kann. Dass es doch anders gekommen ist, hat Vater mir nie verziehen.

Wir, die Kinder vom PCR-Block, waren in der Obhut der Partei und unter der Beobachtung ihrer Sicherheitsorgane. Man wollte wissen, wie wir uns entwickeln und inwieweit auf uns Verlass ist. Das Experiment mit dem Neuen Menschen, der Neuen Ära durfte nicht fehlschlagen. Die Folgen dieser Angst habe ich deutlich zu spüren bekommen. Ich fühlte mich beobachtet. Verfolgt. Beschattet. Wie viel meine Eltern von dieser Observierung wussten oder wissen wollten, weiß ich nicht. Zumindest nahmen sie mich nicht ernst. Von Naivität konnte bei ihnen nicht die Rede sein.

 Vater sprach von Einbildung und hysterischen Anfällen. Mutter hatte immer Angst vor einer Vergewaltigung.

III

Ich war noch nicht einmal sechzehn, als alles anfing.

Ich hatte schon die Pionierzeit hinter mir und eine abgebrochene Karriere als Vorsitzende der »Uniunea Tineretului Comunist«, der kommunistischen Jugendorganisation in meiner damaligen Klasse. Der Krieg war vorbei. Die Revolution hatte gesiegt. Der Kommunismus hatte sich durchgesetzt. Und trotzdem, so redete ich in den Versammlungen, müssen junge Kommunisten wachsam sein. Sich richtig organisieren. Kritisch handeln. Sich nach Kräften in das Leben der Gesellschaft einbringen. Nicht nur brav den monatlichen Mitgliedsbeitrag zahlen.

So schlecht wäre das unter den damaligen Umständen gar nicht gewesen. Die Partei forderte schließlich Kritik. Besonders aber Selbstkritik. Und forderte bis zu einem gewissen Grad sogar zum Handeln auf. Das Wort Aktion reizte uns. Es schloss die erstickende Monotonie aus. Es war mit Heldentum und Revolution verbunden. Mit Gewalt. Eine Form der Gewalt, die uns damals nicht bewusst war.

Damals hielt man die Revolution für beendet. Viel später erst meinte Ceaușescu, Kommunisten wären Berufsrevolutionäre.

»Revolutionari de profesie« nannte er sie. Die Revolution geht weiter. Sie ist nie vollkommen. Der Klassenkampf hört nicht auf.

All das, was mir Vater und Mutter beigebracht hatten, wollte ich umsetzen. Ich fühlte mich verpflichtet, die anderen einzubeziehen. Am liebsten hätte ich einiges in der Organisation selbst geändert. Die Möglichkeit wurde mir genommen. Ich wurde von meinen Aufgaben entbunden. Entlastet. Befreit. Wurde zur Passivität verurteilt.

Ich war nicht einmal sechzehn, als alles anfing. Meine schulischen Leistungen waren damals noch gut. Meine Begabungen vielseitig. Ich galt als Wunderkind, sprach mehrere Sprachen fließend. Ich war selbstbewusst, hatte eigene Ansichten, die ich auch verteidigte.

Ich fand, dass man der Partei nicht unbedingt dafür danken muss, dass die Landwirtschaft mechanisiert wird. Sagte es auch laut. Man müsse sich nur ein bisschen umgucken, was in der Welt sonst passiere. Dann wüsste man, dass das zur Entwicklung und zum Fortschritt der Gesellschaft gehöre. Das wurde nicht gern gehört.

Ob Vater über meine Äußerungen informiert wurde, ist mir nicht bekannt. Eher nicht. Ich wurde dafür erst später zur Rechenschaft gezogen. All das, und vieles mehr, stand später in meinen Akten.

Meine Korrespondenz mit dem Ausland führte zusätzlich dazu, dass ich mir Gedanken machte, wie man den Kommunismus reformieren könnte. Darüber schrieb ich zu der Zeit einen Roman, der sich heute noch unter meinen beschlagnahmten Papieren befindet.

Ich besaß Eigenschaften, die erwünscht waren, meinte die Partei. Sinn für Gerechtigkeit. Mitleid mit den Unterdrückten und Bereitschaft, mich für sie einzusetzen. Sie hielt mich für kämpferisch und kompromisslos. Sie ging davon aus, dass man mir die unerwünschten Eigenschaften ganz schnell austreiben würde.

Exzellente Psychologen entwickelten Verhaltensprofile von uns, den PCR-Block-Kindern. So wusste man früh genug, dass ich nicht den Weg der Mitte gehen würde.

[handschriftliche Notiz: mit 16 "abgebogen?"]

IV

Ich fühle mich beobachtet, sagte ich immer wieder zu meinen Eltern, wenn ich am Wochenende oder in den Ferien aus dem Internat nach Hause kam. Ich besuchte ein rumänisches Gymnasium in Arad, wohnte aber auf der anderen Seite des Flusses im deutschen Internat in Neu-Arad. Das hatte seinen Grund.

Ich sprach Deutsch und konnte mich in die Gemeinschaft des Internats gut eingliedern. Die Psychologen waren der Meinung, ich besäße alle erwünschten Eigenschaften.

Zudem war ich die Tochter meines Vaters. Er war zu der Zeit Bürgermeister von Săvîrşin, einer kleinen Stadt bei Arad, wo, wie man uns in der Schule erzählte, der König mit seinem Luxuswahn eines seiner Jagdschlösser besessen hatte. Der König, der, wie uns auch wieder gesagt wurde, das Land kopfüber verlassen hat. Verraten hat er uns. Und ist geflüchtet. Er nahm unzählige, mit Gold beladene Waggons mit. Das Gold Rumäniens. Und alles liegt auf Schweizer Banken. Durch sein Amt wurde Vater mit dem König in Verbindung gebracht. Und musste dem etwas entgegensetzen.

Ich war aber auch Mutters Tochter. Einer Musterpersönlichkeit. Ernst und arbeitsbewusst. Eine rundum zuverlässige Genossin.

Also war ich bestens geeignet, um eine große patriotische Aufgabe zu übernehmen.

Eines Tages wurde ich ins Pädagogenzimmer gerufen. Beide Pädagogen waren anwesend. Die Genossin Pädagogin, die die Mädchen betreute, und der Genosse Pädagoge. Ich erinnere mich noch sehr gut an sie. An ihre Gesichter, an ihre teilnahmslose Art, mit uns umzugehen. Sie erwarteten mich zusammen mit zwei Unbekannten. Bevor sie mir erklärten, um was es überhaupt ginge, erläuterten sie mir meine hervorragende Eignung wegen meiner Eigenschaften. Dann sprachen sie über die Ehre, ein Patriot sein zu dürfen. Über die Ehre, eine Aufgabe zu bekommen. über die Verantwortung, die Menschen wie ich und mein Vater gegenüber der Gesellschaft trügen. Große Erwartungen würden in mich gesetzt.

Anlass dieses Gesprächs war ein anonymer Brief. Eine Beschwerde. Man vermutete, dass sie von den deutschen Mitbürgern der Umgebung stammte. Ich sollte nun herausbekommen, von wem.

Ich war im ersten Moment wie gelähmt. Ich kann mich nicht erinnern, irgendetwas geantwortet zu haben.

Die zwei Unbekannten verabschiedeten sich von mir mit einem kräftigen Händedruck. Sie brauchen uns nur ein Zeichen zu geben. Wir sind sofort da. Ansonsten, sagten sie, vertrauen Sie den Genossen Pädagogen. Sie vertreten uns hier. Allzeit bereit.

Das Wort »bespitzeln« war mir fremd. Die Tätigkeit unbekannt. In unserer Familie war Loyalität oberstes Gebot. Anstand. Ehrlichkeit und Würde.

Was immer ich von meinem Vater gehalten habe, er hat sich stets an seinen eigenen Ansprüchen und Vorstellungen gemessen.

Nach diesem Gespräch hatte ich das Bedürfnis, mich ins Dormitor, unseren Schlafraum, zurückzuziehen, obwohl das verboten war. Stundenlang hielt ich mich dort versteckt. Erinnerte mich an die Zeit in meinem ersten Internat. Einem Mädcheninternat in Temesvar, einer Art Bastille, wie wir es nannten. Wo einige Pädagoginnen Nonnen des ehemaligen Klosters waren, die sich als Genossinnen mit den neuen Herrschern arrangierten. In diesem Internat war ich Melitta begegnet. Die meine beste Freundin wurde. Ich erinnerte mich jetzt dunkel an irgendeine Durchsuchung, die in unseren hallenartigen Schlafräumen durchgeführt wurde. Sich tief in unser Leben gebohrt hatte. In unsere Koffer und Schränke. In Schulmappen und in die von zu Hause geschickten Lebensmittelvorräte. Ich konnte mich nicht mehr erinnern, worum es eigentlich gegangen war. Vermutlich wusste keiner jemals wirklich Bescheid. Denn solche Sachen sind Staatsgeheimnis und werden entsprechend behandelt. Ich konnte mich nur noch erinnern, dass die Pädagogin eines Abends mit ein paar Männern in Ledermänteln ins Dormitor gekommen war. Sie grüßten uns nicht. Wir Mädchen standen in Pyjamas da und warteten. Aber keiner erklärte uns etwas. Es waren alle möglichen Gerüchte in Umlauf. Es ginge um einen Kadaver, der in den Waschräumen versteckt wäre. Um ein neugeborenes Baby, das in einem Koffer erstickt worden wäre. Und noch andere solcher Absurditäten. Wir mussten unsere Schränke zeigen. Und unsere Koffer. Jede Ecke in den Waschräumen wurde kontrolliert. Dann gingen wir nach unten in den Speisesaal, mussten unsere Vorratsdosen öffnen. Damals war ich zehn oder elf.

Jetzt, allein im Dormitor, fiel mir alles wieder ein, und ich bekam einen Kloß im Hals. Einen Wirbel im Magen. Fing an zu zittern. Ich weiß es noch genau. Denn dieses Zittern überkam mich später immer wieder. Und überfällt mich heute noch, wenn ich unter großer Anspannung stehe.

Ich wusste damals nicht, was diese beiden Ereignisse verband.

Unterschwellig spürte ich aber, dass sie verwandt waren. Dass sie etwas Dunkles und Klebriges an sich hatten. Ich fühlte Ekel und den Wunsch, davonzulaufen. Für Stunden blieb ich im Dormitor versteckt. Fühlte mich wie in einem unendlich tiefen Brunnen versunken.

Es ging nicht um politisches Bewusstsein. Ich weiß nicht, worum es in meinem Kopf ging. Vielleicht war es gar nicht mein Kopf. Als ich herauskam aus meinem Versteck, war ich erleichtert. Ich rief meine Mitschülerinnen zusammen und erzählte von dem Gespräch. Schützt euch und passt auf!, sagte ich. Auch wenn ich es nicht tue, es wird immer irgendeinen geben.

Es gab ihn tatsächlich. Denn auch dieses Ereignis wurde in meinen Akten festgehalten.

V

Ob meine Eltern über all das informiert waren. Ich selbst habe ihnen nichts erzählt. Zu der Zeit hatte meine Korrespondenz mit Svetlana Vrabie aufgehört. Ich schrieb nur Melitta nach Bocşa. Ins Banat.

Melitta, meiner besten Freundin aus dem Internat aus Temesvar. Wir waren damals schon getrennt. Warum, weiß ich bis heute nicht. Ich musste in ein anderes Internat, Melitta zurück nach Bocşa. Wo sie doch gerade erst gekommen war. Wir waren nur ein Jahr zusammen. Lange genug, um sich ein Leben lang daran zu erinnern. Um sich ein Leben lang an das bohrende Gefühl zu erinnern, das ich empfand, als ich erfuhr, sie kommt nicht mehr. Ich weiß nicht mehr genau, wie ich Melitta kennengelernt habe. Keines der Mädchen im Internat wurde für mich auch nur annähernd so bedeutsam.

Melitta und ich waren unzertrennlich. Obwohl wir nicht in dieselbe Klasse gingen. Nicht einmal in dieselbe Schule. Melitta hatte das Privileg, jeden Tag aus dem Internat weggehen zu dürfen. Raus aus den trüben Mauern. Sie ging in eine Schule, die Sport als Schwerpunkt hatte. Ich musste nur den Korridor entlanglaufen, und dann einmal um die Ecke. Und wieder zurück. Jeden Tag. Tag für Tag. Monatelang. Bis zu den Ferien.

① Freundschaft mit Melitta

Melitta und ich, wir hatten auch ganz verschiedene Unterrichtszeiten. Sie ging vormittags zur Schule. Ich nachmittags. So sahen wir uns, abgesehen von der Morgengymnastik, nur beim Bettenmachen, im Waschraum, beim Saubermachen oder beim Schuheordnen. Während wir auf die Kontrolle der Pädagogin warteten oder einer bevollmächtigten Oberschülerin. Beim Frühstück. Beim Abendessen. Sonst nur durch Zufall. Oder wenn wir dem Zufall nachhalfen. Und dann beide gleichzeitig zur Strafe in der Küche helfen mussten. Wir wurden ziemlich oft bestraft. Und manchmal wurden wir krank. Wir aßen Kreide, um Fieber zu kriegen. Dann lagen wir in der Infirmerie und nutzten die Zeit.

Die Zeit zusammen war kostbar.

In der Infirmerie, da hatten wir Zeit, uns gegenseitig unsere Romane vorzulesen. Melitta schrieb an einem Roman über ihre Mutter. Ich wohl an einem über meinen Vater. Immer schrieb ich an irgendeinem Roman.

Damals war mir nicht bewusst, wie sehr Melitta ihre Mutter vermisste. Vielleicht wollte ich es noch nicht wissen.

Damals fragte ich mich immer wieder, oh ich denn meine Mutter lieben würde. Und meinen Vater. Alle Kinder um mich herum antworteten auf diese Frage, ohne zu zögern. Mit Ja! Aber ich guckte sie mitleidig und voller Misstrauen an und glaubte zu wissen. Sie logen. Logen aus Konvention. So schnell. Schwankungsfrei. So ohne Zögern konnten sie diese Frage beantworten. Nicht einmal eine

Atempause brauchten sie. Dass alles so klar und selbstverständlich und einfach für sie war, erhöhte nur mein Misstrauen und meine Achtungslosigkeit ihnen gegenüber. Kleine Anpasslerinnen. Mir machte diese Frage schwer zu schaffen. Immer, wenn ich sie mir stellte, sah ich mich über eine enge, schwankende Holzbrücke gehen, irgendwo in den Bergen. Die Brücke wurde von geflochtenen Hanfstricken gehalten. Ich hielt mich an den beiden Stricken und schwankte. Ich machte furchtbar langsame Schritte. Aber die Brücke bewegte sich immer heftiger. Jeder meiner Schritte sandte neue Impulse. Die sich verdoppelten. Vervielfältigten. Verstärkten. Ich musste aufpassen, mich festhalten, damit ich nicht von der Brücke runtergeschmissen wurde. Links und rechts der Abgrund.

Immer, wenn ich mir diese Frage stellte und dann die Brückenepisode überlebte. Schwitzend und zitternd. Sah ich Mutter in einem Wagen, von Pferden gezogen. Die Pferde mit einem schwarzen Überzug. Die Pferde für die Toten. Mal sah ich mich humpelnd und hinkend, mal hinterherrennend. Aber immer wieder sah ich mich allein. Außer mir war kein einziger Begleiter hinter dem Wagen. Ich sah mich allein. Wie aufgeschlitzt die Brust. Und es schmerzte so sehr.

Wenn sich die Ferien näherten, waren alle im Internat wie elektrisiert. Bald dürfen wir nach Hause. *Vine vacanța. Cutrenul din Franța.* In unserem Lied kamen die Ferien mit dem Zug. Warum kommen die Ferien aus Frankreich angereist. Bestimmt nur des Reimes wegen. Denn es war ja politisch überhaupt nicht korrekt, was wir da sangen. Und den Erziehern fehlte die notwendige Wachsamkeit.

Alle sangen dieses Lied und waren wie aus dem Häuschen. Ich zweifelte an diesen Gefühlsausbrüchen. An ihrer Echtheit.

Was mich betrifft, ich hatte keine Eile.

Ob ich Mutter liebe. Weiß ich nicht, pflegte ich den anderen zu sagen. Ich mochte ihr Entsetzen.

Melitta war anders. Ihr hatte ich immer alles geglaubt. Melitta musste man glauben. Sie hatte nie etwas getan, wovon sie nicht überzeugt war.

Wir hatten uns befreundet, wie Kinder es eben tun. Und dachten, unsere Freundschaft wäre einzigartig. Bis heute geht mir dieser Gedanke nicht aus dem Kopf.

Wir waren unzertrennlich. Denn auch, wenn wir nicht zusammen waren, dachten wir aneinander. Freuten uns auf das Wiedersehen. Machten Pläne, wie wir unsere Freundschaft entwickeln sollen, wie wir bessere Menschen werden könnten. Frei von Eitelkeit, Eifersucht, Launenhaftigkeit. Wir erzogen uns gegenseitig zu Großzügigkeit, Mut und Ehrlichkeit. Wir erzogen uns gegenseitig, um etwas Besonderes zu werden. Und ein Beispiel für die anderen. Damit wir länger zusammen sein konnten, erzählte ich ihr den Unterrichtsstoff in Geschichte. Dann musste sie nicht mehr nachlesen, und sie tat es mit den Aufgaben in anderen Fächern. Wir ergänzten uns und versuchten, uns so wenig wie möglich zu streiten. Wir versuchten, unsere Fehler einzusehen und sie offen zuzugeben. Uns zu verbessern und weiterzulernen. Meistens brachten wir uns

Dinge bei, die wir nicht aus der Schule hatten. Wir lernten natürlich nur, was wir für richtig hielten. Die Schule geriet immer mehr in den Hintergrund. Wir waren informiert über das politische Geschehen in der Welt. Damals war ich gegen die Amerikaner. Als wir für den Geografieunterricht etwas über die USA lernen sollten, machte ich meine Hausaufgabe nicht. Abends, als wir, »die Kleinen«, von den Gymnasiastinnen der Oberstufe abgefragt wurden und ich nichts über Amerika wusste, sagte ich stolz: Das lerne ich nicht. Aus Prinzip! Den Feind gut kennen und ihn mit den eigenen Waffen bekämpfen, von solchen Strategien hielt ich noch nichts.

Wir waren in der sechsten Klasse, als Melitta und ich anfingen zu trainieren, damit wir in den Krieg ziehen konnten. Wir wollten uns nicht nur zu perfekten Menschen entwickeln, unserer Gesellschaft würdig. Wir wollten auch gute Kämpferinnen für das Vaterland werden. Eigentlich für die Menschheit. Und das so bald wie möglich. Wir kauften uns eine Zielscheibe und Spielzeugpistolen und fingen an zu üben. Wollten uns vorbereiten für den Kampf gegen den Imperialismus. Den amerikanischen. Weil wir mit der amerikanischen Invasion in Vietnam nicht einverstanden waren.

Es gibt gute und schlechte Kriege. Meinten wir, Melitta und ich.

Damals war mir nicht bewusst, wie sehr Melitta ihre Mutter vermisste. Vielleicht verdrängte ich es auch nur. Melitta selbst sprach nie ein schlechtes

Wort über die Russen. Obwohl sie uns beiden schon nicht mehr so sehr am Herzen lagen.

Im Internat waren Kinder unterschiedlichster Herkunft.

Neben uns rumänischen Kindern gab es die unterschiedlichsten Minderheiten. Melitta kam aus einer deutschsprachigen Familie.

Mit dem Rumänischsein war es in unserer Gegend so eine Sache. Wer wusste schon Bescheid. In Mutters Familie wollte sich keiner festlegen. Mutter aber war es wichtig, so rumänisch wie möglich zu erscheinen.

Im Internat waren die Mädchen unterschiedlichster Herkunft. Über den Neuen Menschen und die Neue Ära waren die Meinungen geteilt. Corina war ein Mädchen aus Oltenia. Ihr Vater war Arzt. Ob er einer war, der es über Parteischule und Arbeiter-Universität so weit gebracht hatte, weiß ich nicht. Er verbot Corina jeden Kontakt zu Natitza und war empört, dass solche »Elemente« in unseren Schulen Platz finden konnten. Er beschwerte sich bei der Schulleitung und bei der Leiterin des Internats. Corinas Mutter war toleranter. Mag sein, dass Mütter einfach toleranter sind. Auch gegenüber dem Feind. Denn. Auch der Feind ist ja das Kind einer Mutter. Und für Menschenkinder sollte man Toleranz und Verständnis aufbringen.

Natitza war ein serbisches Mädchen aus dem Banat. Sie fürchtete sich vor den Russen genauso wie vor den Deutschen. Von den Amerikanern hielt sie ebenso wenig. Sie sagte immer: Mein Großvater wartet heute noch auf sie. Die werden kommen. Die Amerikaner. Bald sind sie da. Und dann werden diese verdammten Iwans eins auf die Schnauze kriegen. Aber mein Vater weiß Bescheid. Die haben uns im Stich gelassen. Verkauft haben sie uns. All diese Amerikaner und Engländer. Und wie sie noch heißen.

Laku noci, sagte Natitza jeden Abend. *Laku noci*. Und vor dem Einschlafen erzählte sie uns manchmal Geschichten über Partisanen aus dem Banater Semenic-Gebirge. Schauderhafte Geschichten. Wonach man gar nicht mehr wusste, auf welcher Seite man sein soll. Aber Natitza wusste Bescheid. Mit den Russen will ich nichts zu tun haben. Und noch weniger mit den Verrätern. Sie nannte sie eigentlich nie Amerikaner. Sondern nur Verräter. Gottverdammte und verpisste Lügner und Verbrecher. Jalta, sagte sie. Jalta! Und hielt ihre kleine Faust in die Luft. Natitza war sehr dünn und zerbrechlich. Aber wenn sie über Jalta sprach, wurden ihre Augen übergroß und funkelnd. Ihre Venen traten hervor, dick und bläulich. Plötzlich sah sie aus wie ein Mahnmal. Ein Symbol für die Unterdrückung der Menschheit. Im Moment der Auferstehung.

Jalta, sagte sie. Zu einer Zeit, wo Melitta und ich noch nichts über Jalta wussten. Für Churchill hatte sie auch kein gutes Wort übrig. Und für Tito? Na, sie war eine Serbin aus Rumänien. Sie musste Tito nicht lieben. Ob sie es tat, wusste man nicht. Denn über Tito hielt sie ihre Meinung geheim.

Zu Hause erzählte ich von den Partisanen. Mutter schüttelte den Kopf. Sagte nur, Gott soll uns vor den Serben schützen. Das sind blutige Menschen. Geschichten über Menschen, die an der Zunge festgenagelt oder an der Zunge aufgehängt worden waren, erzählte sie mir. Über Partisanen und Kollaborateure. Heute noch will ich glauben, dass es eher meine Fantasie war, die mich diese Grausamkeiten erfinden ließ. Denn Mutter war in einem Ort aufgewachsen mit vielen Minderheiten und gehörte selbst zu einer Minderheit. So wie schon ihre Vorfahren. Sie hatte keine Vorurteile gegenüber irgendeinem Volk. Aber Mutters Verständnis hatte auch seine Grenzen. Sie war gegen Zigeuner. Und sie hatte furchtbare Angst, irgendwie mit Juden in Verbindung gebracht zu werden. Eine panische Angst hatte Mutter davor. Aber darum ging es ja nicht, wenn man über die Serben sprach. Vaters Meinung über die Partisanen war komplizierter. Es gab Partisanen, die er mochte. Und es gab schlechte Partisanen. Die den Kommunismus untergraben wollten. Unsere Feinde, meinte er. Über Natitzas Vater hörten wir eines Tages, er wäre verschwunden. Natitza war nicht mehr ansprechbar. Mariana T., die aus demselben Ort kam, meinte, im Dorf gäbe es das Gerücht, der Vater wäre zu den Partisanen geflüchtet. Manche im Dorf meinten sogar, er wäre vom Feind erschossen worden. Und plötzlich wussten wir nicht mehr, ob Natitzas Feind auch unser Feind war. Oder ob wir Natitzas Feinde waren. Diese Frage hatte mich noch lange verfolgt. Abends, wenn Natitza uns nicht mehr Laku noci sagte. Und keine Geschichten mehr erzählte. Und nichts mehr aus ihr herauszuholen war.

Melittas Vater zuckte zusammen, wenn sie ihm Natitzas Partisanengeschichten erzählte. Er drückte sie fest an die Brust und legte den Zeigefinger auf ihren Mund. Sch-sch-t ! Hätte er ihr gesagt. Sch-sch-sch-sch-sch-t, meine Kleine! Kleine hat er vielleicht nicht gesagt. Aber irgendwie so. Nur, dass es nicht so beschützend und warm klang. Sondern nur warnend. Meinte Melitta. Denn Papa, sagte sie. War nie so, dass ich geglaubt hätte, er könnte mich lieben. Obwohl er mich sicher liebte.

Eines Tages kam eine alte Frau mit einem schwarzen Kopftuch, packte Natitzas Koffer und nahm sie an die Hand. Wir haben Natitza nie wiedergesehen. Und nichts über ihre neue Schule erfahren.

Jalta.Jalta.

Von meinen Eltern hörte ich die unterschiedlichsten Meinungen. Mal ging es um die Russen, die Ordnung ins Land bringen sollten. Mal hörte ich ein leises Murmeln, das man als Protest deuten konnte. Aber ich habe nie gehört, dass sie sich über die Verteilung der Machteinflusssphären beschwert hätten. Damit schien Vater zufrieden zu sein. Und Mutter. Sie dachte, es wäre sowieso zu spät.

Mutter dachte immer, alles wäre zu spät. Für sie. Und. Für sie wären alle Züge schon längst abgefahren, noch bevor sie überhaupt in Bewegung gekommen sind. Mutter war alt, weil sie schon ein Kind hatte. Zu alt, um noch ein Kind zu bekommen. Zu alt, um noch Ohrringe zu tragen. Schon zu alt, um Lippenstift zu benutzen. Zu alt, um die eine oder andere Farbe zu tragen. Um sich zu freuen. Ich weiß nicht, woher Mutter das Altsein genommen hat. Sie hielt aber daran fest. Es war kaum zu ändern.

Eine Genossin schminkt sich nicht und benutzt keinen Nagellack. Das hätte ihr auch Vater mal gesagt. Und »leichte« Genossinnen gibt es nicht. Das wäre ein Widerspruch. Dafür aber trug Mutter hohe Absätze, die ihre wunderschönen Beine betonten. Ob es ihr eigener Wille war. Wer weiß. Vater liebte es auf jeden Fall. Und so wurde sie auch begraben.

Mutter dachte immer, für alles wäre es zu spät. Für Vater kamen die Dinge rechtzeitig. Auch der Kommunismus kam gerade rechtzeitig. Damit er nicht als kleiner Bauernjunge auf dem Dorf vermodern musste. Und sich nicht nur vor ein paar Dorfschönen beweisen konnte. Damit er sich bilden und erhabene Ziele verfolgen konnte. Das Beste anstreben und entflammt die Zukunft aufbauen.

So bewusst Vater auch sein mochte, Russisch hat er nie gelernt. Auch sonst keine Fremdsprachen. Es hieß, er wäre ein Antitalent, im Gegensatz zu meiner Mutter. Vaters Fleiß und Gutwilligkeit waren bekannt. So wurde ihm von der Partei dieses Argument als Entschuldigung abgenommen. *Charascho*. Oder *ne charascho*. So stehen die Dinge, *tavarischtsch*!

Nobody is perfect.

Überall um mich herum waren die Meinungen gespalten. Aber es gab wenige, die ihre Meinung nicht versteckten.

Deportation war eines der gefürchteten Wörter. Seine Bedeutung blieb mir lange unbekannt. Ich hörte es um mich herum. Immer öfter. Immer bedrohlicher. Wie eine Windmühle. Mit messerscharfen Flügeln, von der man sich fern halten muss.

Deportation. In unserer Familie hörte ich einiges wispern. Es war wie ein Nebel um meinen Kopf. Ein Gift. Eine Schlange. Deportation. Melitta nannte das Wort ein paarmal. Ich habe es weggewischt. Nur seine Hülle behalten. Eine Hülle, aus der die Bedrohung und Ungerechtigkeit verschwunden waren. Ganz so, als stünde alles hinter einer Glasscheibe, und nur ein Teil des Übels wäre noch mächtig. Und der erreichte mich nicht.

Vielleicht wollte ich es nicht wissen. Ich wusste lange nicht, dass ich es nicht wissen wollte. Melitta sprach irgendwie unbeteiligt über die Deportationen. Fast so, als wäre da etwas gewesen, das außerhalb von ihr stand. Etwas, das sie nicht berührte. Sie überhaupt nicht tangierte.

Oder habe ich es nur so empfunden. Wollte ich Dinge nicht verstehen, die meine Wahrnehmung ohnehin wegwischen musste. War es meine Art, der Grausamkeit des Lebens ins Auge zu gucken und sie sofort zu vergessen.

Ich hatte das Wort öfter gehört. Aus Melittas Mund hatte es fremd und kahl geklungen. Ohne Konsistenz. Und doch hätte ich es wissen müssen.

Melitta schrieb an einem Roman über ihre Mutter, die sie so sehr vermisste. Aber natürlich musste sie dabei auch über ihren Vater schreiben. Den sie nicht vermisste. Denn er war noch da. In Bocșa. Weit weg von Temesvar. Immerhin aber noch erreichbar. Per Telefon. Per Post. Oder mit der Bahn.

Deportation war ein Wort, das auch Melittas Vater betraf. Aber damals dachte ich nicht, und vielleicht auch Melitta nicht, dass unsere Väter ein Teil der Geschichte waren. Angefangen bei der rumänischen Nazivergangenheit und bis hin zur rumänischen Kommunismusgeschichte.

Mein Vater war nicht im Krieg. Dazu war er zu jung. Ich weiß nicht, ob Melittas Vater im Krieg gewesen ist. Und auf welcher Seite. Er war ein alter Mann, als er aus der Deportation zurückkam. Über seine Jahre in Russland hat Melitta nicht allzu viel erfahren. In ihrem Roman ging es immer um die Mutter. Um Gewalt. Um Vergewalt. Um Angst. Um Tod. Melittas Mutter hat die Heimkehr aus der Deportation nicht lange überlebt. Sie hatte eine Wunde aus Russland mitgebracht, erzählte Melitta. Alle haben immer gesagt, das sei der Krebs. Der Krebs. Und das war es auch. Die Wunde wuchs und wollte nicht mehr heilen. Mutter konnte nicht mehr essen. Nicht mehr liegen. Nicht mehr schlafen. Eines Tages konnte sie nicht mehr leben.

Sie wurde ins Krankenhaus gebracht. Sagte Melitta, wenn ich sie aufforderte von ihrer Mutter zu erzählen. Dann haben wir sie nie mehr gesehen. Ich habe Mutter keinen Abschiedskussgegeben. Ich bat Melitta immer wieder, über ihre Mutter zu erzählen. Ich bewahrte ihre Fotos auf. Ich habe sie heute noch.

Anna Krause hieß sie als Mädchen. Erzähle, Melitta, erzähle. Ich fühlte, wie sich meine Haut zusammenzog. Wie ein eisiger Strom sie wellenartig durchfloss. Ich spürte eine Schwere im Herzen. Im Bauch. Ich weiß nicht, wo. Es war ein unbekannter Schmerz, den ich nicht verstehen konnte. Und wollte es immer wieder hören. Erzähle, Melitta.

Als Vater aus der Deportation zurückkam, fand er seine Frau irgendwie. Ich weiß nicht wie. Und wollte nichts mehr von ihr wissen. Dann hat er wieder geheiratet. Meine Mutter. Ich habe noch eine Schwester. Vater hat noch ein Kind aus der ersten Ehe. Das ist unser Halbbruder.

War Melittas Vater im Krieg. Warum wurde er nicht ins Reich geholt. Heim. Nicht einmal die Mutter. Vielleicht war sie dafür zu krank. Melittas Vater war Pianist. Ob Pianisten wohl schießen können. Ob die Musik so gefährlich sein konnte, dass sie für irgendjemand eine Gefahr bedeutete. Für den Kommunismus zum Beispiel. Oder ob man durch die Musik ein Kollaborateur hätte sein können.

Mein Vater war nicht im Krieg. Und gehörte nicht der deutschen Minderheit an. Er gehörte zu keiner Minderheit. Er war, wie er stolz betonte, ein Hundertprozentiger. Aber wer kann schon hundertprozentig sein in einer Gegend, wo ungarische Mitbewohner Nemeth und rumänische Ungureanu heißen. Wo Rumänen magyarisiert und Ungarn romanisiert sind. Wo Deutsche. Und so weiter.

Der Tod kann vieles bewirken. Ein paar mehr Tode, und die Geschichte hätte sich anders entwickelt. Mit ihrem Tod haben manche den Lauf der Geschichte verändert. Melittas Vater hat die Deportation überlebt. Stalins Tod ist für ihn noch rechtzeitig gekommen. Dank Stalins Tod hat sich seine Lebensgeschichte verändert. Die Lebensgeschichte der Mutter hat sich nur wenig verändert. Es gibt gute und schlechte Tote. Es gibt Menschen, die mehr Gutes tun, wenn sie tot sind.

Niemand hat Melittas Vater heim ins Reich geholt. Oder meinte er, sein Heim wäre dort, wo er schon immer gelebt hat.

Er hatte teuer dafür bezahlen müssen, dass er dort bleiben wollte. Was ist Vaterland. Und wo ist Heimat.

Nach Stalins Tod hat sich vieles verändert. Manche Deportierte durften zurück in ihre Heimat. Melittas Vater, der damals noch gar nicht ihr Vater war, kam zurück. Und auch ihre zukünftige Mutter, seine zukünftige Braut. Einige Zeit später wurde Melitta geboren. Ich wurde zwei Monate früher geboren. Konnte früher das Schaudern im Rücken spüren. Die Folgen der Spannung, einer Stimmung, die ein einziges Wort um mich herum erzeugte.

Mein Vater war nie deportiert worden. Und wenn ich mit ihm darüber sprach, meinte er zu wissen, dass Deportation eine gute und zugleich schlechte Sache sei. Denn es gäbe zu Recht und zu Unrecht Deportierte. Weil es so sei mit der Geschichte. Geschichte sei eben amoralisch.

Deportation. Ein Wort, das um mich herum dunkle Nebelfäden gesponnen hat. Wie ein undurchsichtiger und erstickender Schleier. In unserer Familie wurde es vermieden. Und wenn ich Mutter danach fragte, wurde sie blass. Und irgendwie zittrig. Mutter wusste etwas darüber. Mutter wusste über vieles Bescheid. Über vieles, das sie nicht erzählen wollte.

Mutter hat nie erzählt. Und das wenige, was ich von ihr weiß, ist bruchstückhaft. Zerbrechlich. Zufällig. Es platzte aus ihr heraus. Aus ihrer im dunklen Inneren vergrabenen Geschichte.

Mutter konnte nicht streicheln und konnte nicht erzählen. Aber manchmal rutschte irgendein starres Bild heraus. Eine eingefrorene Bewegung. Ein zur Ewigkeit verdammtes Bild der Grausamkeit.

Die Deutschen. Nein, die Deutschen waren es nicht. Sie haben uns Kinder nicht angegriffen. Wir waren geschützt. Und die bekannten Geschichten über Butter und all das. Daran erinnerte sich Mutter. Und an die Bomben. Aber das war es auch nicht. Die Russen. Wenn Vater sagte: Die Russen sollen mal kommen. Sie sollen Ordnung ins Land bringen. Dann konnte man hören, wie Mutters Stimme sich veränderte. Wie sich die Luft im Raum verdichtete, sodass sich Geräusche völlig verschwommen und verdrängt anhörten. Bis sie wegfielen. Ein Kurzschluss. Stillstand. Nur Mutters Herz. Und die Schläfen, die pochten. Dann, ein unendlich langes Piepsen. Kollaps. Mutter fing sich noch im letzten Moment vorm Umfallen. Aber Vater merkte nichts.

Und Mutters Geschichten über Krieg und Vergewaltigung, waren nur einzelne versteinerte Bilder.

Das einzige Schmuckstück, das Mutter besaß, war ein verschnörkeltes Armband aus schwerem Gold. Mutter trug keinen Schmuck. Nur den Ehering. Und das Armband hätte auf keinen Fall zu ihr gepasst. Ich bewahre es auf, damit ich nichts vergesse, sagte sie mir einmal. Er hat es mir gegeben. Dieser Soldat. Damit ich nichts weitererzähle. Damit ich alles in mir vergrabe. Um was es ging, wollte Mutter ihr Leben lang nicht erzählen.

Deportation. Darüber konnte man auch nichts von ihr erfahren.

VI

Es gibt Tote und Tote. Es gibt welche, die wir dann erst schätzen. Und welche, die besser daran tun, tot zu sein. Und trotzdem wird jeder dieser Toten von irgendjemandem vermisst. Zu Stalins Tod hat die Welt gejubelt. Und gezittert. Der Tod ist amoralisch.

Ich weiß nicht mehr, wer als Erster starb. Kennedy oder Gheorghiu-Dej, der erste Präsident der Rumänischen Volksrepublik. Für uns war beides gleich schwer. Bekam die gleiche, übermächtige Bedeutung.

Der Violinunterricht wurde unerwartet abgebrochen. Der Lehrer sagte mit dumpfer Stimme, er könne heute nicht mehr unterrichten. Ich war noch jung genug, um mich ohne Gefahr dem Violinunterricht auszusetzen. Auf dem Weg nach Hause spürte ich, dass die Welt erschüttert war. Und ich nahm dieses Zittern auf. Unsere kleine Stadt. Die tiefste Provinz. War in ihrer Trauer mit der Welt verbunden. In ihrer Angst. Die Angst kam immer durch die Russen.

Ich weiß nicht mehr, wer als Erster starb. Diese schwerwiegenden Tode überlagern sich in meiner Erinnerung.

Die Fenster in der Stadt waren geöffnet. Laut verkündeten Radiosprecher den Tod. Laut, aber sanft. Und mit Würde.

Die Nation spürte die Tränen in den Augen der Radiosprecher. Ihre Verantwortung. Die Radiosprecher drückten die Trauer des Volkes aus. Die vermutliche Trauer, die nach der Sendung der Nachricht ausbrechen würde. Die Radiosprecher mussten ihre Trauer zügeln. Sie präzise zum Ausdruck bringen. Ohne eine Hysterie auszulösen. Sie trugen die ganze Verantwortung. In dem Moment. Für diese Sekunden trugen sie die Verantwortung für das Land.

Die Radiosprecher. Mit ihren Tränen. Mit dem gut im Hals versteckten Knoten, in dem der Schmerz ruhte. Mit dem gut gespielt versteckten Knoten. Mit den gut gespielt versteckten Tränen. Mit der gut gespielten Würde. Die über dem Schmerz stehe. Mit der gut gespielten Trauer. Sie verkündeten den Tod des teuersten Sohnes. Des Sohnes des Volkes. Des Vaters des Landes. Des Hüters der Nation. Sie verkündeten den teuren Tod. Trauermusik sickerte durch die Fenster auf das mit Schnee befleckte Pflaster. Trauermärsche. Mit ihrer lugubren Melodie. Der schmutzige Schnee. Selbst die Natur trauerte mit der Nation. Wie in den rumänischen Doinen und Balladen. Das war schon immer eine Eigenschaft der Natur. Wir haben das schon immer gewusst. Wir haben das in der Schule gelernt. Besser. Das war schon immer eine der Eigenschaften der Rumänen, die Natur zu beeinflussen. Sie einzubeziehen.

Selbst der Frühling trauerte. Und verweigerte sich. Tote Fetzen lagen auf der Straße. Schnee. Selbst der Frühling trauerte. Straße für Straße. Eine ganze Stadt. Stadt für Stade. Ein ganzes Land. Die Radiosprecher. Die Musik aus den Fenstern. Diese Märsche. Mit ihren schweren Flügeln. Dunkel über uns. Tote Flügel. Wir resigniert. Verängstigt über die Zukunft.

Träge Schnecken die Märsche.

Wir Kinder aus dem PCR-Block waren alle betroffen. Wir versammelten uns, um zu trauern. Wir wussten, was für ein schweres Schicksal unser Land getroffen hatte. Und fragten uns, wie es das überleben soll. Wir wussten, dass das Überleben eine schwere Sache war.

Jalta. Jalta.

Und die Amerikaner kamen nicht.

Wir Kinder warteten gar nicht auf die Amerikaner. Wir spürten, dass es zu spät ist. Dass selbst die Amerikaner nichts mehr ändern konnten. Selbst wenn sie es wollten. Das wussten wir. Mit dem unwissenden Wissen eines Kindes.

Wir taten uns zusammen. Die PCR-Block- und die MFAKinder. Selten hatten wir die gleichen Interessen. Unsere Väter hatten hängende Schultern und trübe Gesichter. Falten bekamen sie über Nacht, und ein Seufzen durchzog die Wohnungen des Blocks. So als wäre es ein einziges, unendliches Seufzen. Wir Kinder übernahmen es und trugen es weiter. Unsere Herzen waren schwer, und wir weinten genau wie die Erwachsenen.

Abends, zu Hause, allein auf dem Klo, zählte ich meine Jahre. Ein Jahr meines Lebens war ich bereit, ihm zu schenken. Damit er. Der Präsident. Der wichtigste Mann wieder leben darf. Ich weinte, weil ich wusste, dass es nicht möglich ist. Ich weinte und fühlte mich schuldig. Was ist schon mein Leben im Vergleich zu seinem. Und wie viele Menschen hätte ich glücklich machen können durch mein Geschenk. Sein Leben. Wie viele Leben wären dadurch glücklicher gewesen. Und das Vaterland. Das hätte ich auch gerettet.

Ein Jahr meines Lebens. Was ist schon ein Jahr. Und was ist schon mein Leben. Ich versteckte mich im Badezimmer hinter der Tür. Mutter und Vater mussten nach Bukarest. Sie wollten sich verabschieden von dem großen Mann. Vor dem selbst der König sich gefürchtet hatte. Dieses letzte Zeichen der Verehrung waren sie ihm schuldig.

Ein Jahr meines Lebens. Und noch mehr, würde ich dafür geben. Was weißt du schon, sagte Großmutter. Die Mutter meiner Mutter. Und ich wusste, ich darf sie nicht verraten. Was weißt du schon. Und für einen Augenblick hatte ich innegehalten, mich über Großmutters Haltung gewundert.

Großmutter durfte selten bei uns sein. Und ich durfte schon gar nicht unbeaufsichtigt bei ihr sein. Großmutter wohnte in einer anderen Stadt. Dadurch waren die Dinge einfacher zu handhaben. Diesmal war es aber schwer zu vermeiden. Großmutter wollte nicht zur Beerdigung. So durfte sie zu uns kommen. Denn ich musste zur Schule. Um zu lernen. Ein zuverlässiger Mensch zu werden. Für unsere Gesellschaft. Für die sich auch der Genosse Präsident geopfert hatte. Großmutter war keine Genossin. Und eine Gefahr für unsere Gesellschaft. So sagte mein Vater. Sie war geduldet, weil sie die Mutter meiner Mutter war. Und weil sie aus diesem

Grunde bestimmt auch irgendeine gute Eigenschaft besitzen musste.

    Mutter und Vater waren sich da einig. Großmutter sei zerstreut, vergesslich, verschlampt, verträumt. Verplempert. Unzuverlässig. Sie trank Kaffee und glaubte an Gott. Ich mochte Mutters Mutter so sehr. Sie glaubte an Gott und an das Gute im Menschen. An die ewige Güte glaubte sie. An das Paradies und ähnliche Dinge. Wovon ihr verboten war, mir zu erzählen. Bei uns in der Familie war Gott ein Verbannter. Trotzdem glaube ich, dass es ihn gibt. Und daran war Großmutter schuld. Vater erlaubte auch keinen Weihnachtsbaum. Die Bibel habe ich sehr spät gelesen.

    Mutters Mutter liebte ich sehr. Ich durfte nicht bei ihr sein. Mutters Mutter hielt mich in ihren Armen und küsste mich. Wir gingen ins Kino und ins Café. Ich bekam Café au Lait und einen wunderbaren Honigkuchen mit Zimt und Nelken. Einen, der mit nichts zu vergleichen ist. Sein Geruch. Sein Geschmack. Mutter machte einen ähnlichen. Nur Großmutters Kuchen übertraf ihn. Großmutter saß gern im Café. In ihrer Stadt ging sie täglich ins »Vatican«. Das war der inoffizielle Name des Cafés, denn es grenzte an die katholische Kathedrale. Die Kathedrale war eingezwängt zwischen zwei klassizistischen Gebäuden und wirkte so unauffällig, dass man ihren Eingang immer wieder übersah. Im Café las Großmutter ihre endlosen Romane, häkelte und trank einen Verlängerten mit einem Glas Wasser. Wenn sie genug davon hatte, war es Zeit für die Abendmesse. Wir verließen das

»Vatican« und gingen nach nebenan in die Kirche. Zündeten eine Kerze an. Großmutter betete für die Toten. Und dass Gott meiner Mutter den Verstand wieder zurückgeben möge. Ich musste die Füße der überwältigenden Jesusstatue küssen. Ich schüttelte mich und tat es ungern. Aber Mutters Mutter hielt mich an der Hand. Sie küsste mich ermutigend. Ich lehnte mich an sie. Spürte ihren knochigen Körper. Sie hüllte mich ein in ihr schwarzes Gewand. Ihre trockenen Hände. Großmutter.

Mutters Mutter hat mich nie zu irgendetwas gezwungen. Wir gingen in die Kirche. Wir beteten und knieten nieder. Ein zartes Klingeln hörte man ab und zu. Stimmen und Orgelmusik. Es war schön in der Kirche. Ich betete, dass ich ein Jahr aus meinem Leben schenken darf. Damit er, der große Mann. Großmutter betete, Gott möge mir den Verstand geben, den er meiner Mutter verweigerte.

Wir PCR-Block-Kinder wussten, wie sehr unser Vaterland zu leiden hatte in diesen schweren Stunden. Unter dem unersetzlichen Verlust. An Krebs aus Russland sollte er gestorben sein. So sagte das Volk. Und das Volk wusste es von irgendwelchen geheimen Botschaftern. Ein Krebs aus der Sowjetunion. Nachdem er öfter bestrahlt worden war. Weil die Russen ihn weghaben wollten. Weg vom Fenster. Denn er wurde unbequem. So zirkulierten die Gerüchte. Entstand die Legende. Der Held hatte es mit den Russen aufgenommen. Wollte nicht mehr brav marschieren. Und stellte Fragen über Bessarabien. Und die Bukowina. Stellte zu viele Fragen. Und fing an, an der Unabhängigkeit Rumäniens zu basteln. Ein verdammtes Schicksal hatte dieses Land, sagte man. Denn egal wie, es hätte verloren. Mit den Russen oder gegen die Russen. Mit den Deutschen oder gegen die Deutschen. Der König hatte sein Bestes getan. Nein, sagten andere. Was der König getan hatte, war Verrat. Er hatte die Deutschen verraten. Und die Russen einmarschieren lassen. Er hat uns an die Kommunisten und Bolschewiken verkauft. Die Befreiung Rumäniens durch die Rote Armee, sagte Großmutter. Dass ich nicht lache. Wie die Befreiung Tibets durch die Chinesen. Ein verdammtes Schicksal. Großmutter war keine Monarchistin. Großmutter war eine treue Anhängerin des Kaisers.

Ein Bild zeigt heute noch Vaters besorgte Miene am Katafalk des Präsidenten. Vater, mit einem Trauerband um den Arm, hatte die Ehre, am offenen Sarg zu stehen. Wache zu halten. Nicht alle Väter aus unserem Haus hatten Wache stehen dürfen. Auf keinem Foto war eine Frau zu sehen. Nur ernste Gesichter von unbekannten Männern. Und Vater. In würdiger Haltung.

Lange habe ich dieses Foto bei mir getragen.

Mutter war auf einem anderen Foto. Es regnete in Strömen. Und der Trauerzug. Eine kalligrafische Spur. Er zog schwarz-schlingernd durch die Stadt. Lastwagenmengen von Blumen und Kränzen begleiteten zitternd und schwankend den Toten. Ein teurer Tod. In der Masse sah man Mutter.

Von oben fotografiert. Sie war da. Ihr ernstes, trauriges Gesicht. Keine andere Mutter aus unserem Hause war mit. Keine andere Mutter aus unserem Haus trug solche Verantwortung. Selten fuhren Vater und Mutter gemeinsam weg. Nach Bukarest zur Bestattung waren sie zusammen gefahren. Es schien zwischen ihnen alles besser zu laufen, nachdem sie zurückkamen. Die gemeinsame Verantwortung, die gemeinsamen Pflichten, die gemeinsamen Ängste wirkten Wunder. Der Präsident streckte seine gütige Hand auch nach seinem Tod über uns aus und wachte weiter über das Land.

Als Vater zurückkam aus der Hauptstadt, wirkte er müde, aber entspannt. Er holte mich ins Wohnzimmer und sagte. Wir können aufatmen. Wir haben einen neuen Präsidenten. Ich habe mit ihm persönlich gesprochen. Er hat vor, einiges zu verändern. Er ist unsere große Hoffnung. Er ist jung und schön. Ein stolzer Mann. Er heißt Nicolae Ceaușescu.

Mein Internationalismus äußerte sich damals auf eine kuriose Art. So wie meine kosmopolitische Ader. Drei Kandidaten waren im Spiel gewesen. Das wussten sogar wir Kinder. Und wir wetteten, wer denn der Nachfolger werden würde. Ion Gheorghe Maurer war mein bevorzugter Kandidat. Man hätte damals schon erkennen können, dass meine politischen Neigungen unvertretbar waren. I. G. Maurer war kein rumänischer Name.

Großmutter hatte nicht viel dazu zu sagen. Sie wurde auch nie gefragt. Mutters Mutter war eine Gefahr für die Gesellschaft. Und ich wusste früh genug, dass ich sie nicht verraten durfte. Für Großmutter waren alle Parteimitglieder gleich große Verbrecher.

Egal, ob ihr Name auf »er«, »iu«, »escu« oder sonst wie endete. Auf jeden Fall aber, wenn sie auf »jewitschi« endeten. Nur mir durfte sie das alles sagen. Sie wusste, dass sie mir vertrauen konnte.

Vertrauen. So viele Leute hatten Vertrauen in mich gesetzt.

Der Violinlehrer. Die Pionierorganisation. Die Schule. Das war gar nicht so leicht zu ertragen. Auch Vater und Mutter hatten Vertrauen in mich gesetzt. Vater hatte keinen Sohn. Ich durfte eben keine Fehler machen. Kindliches Verhalten war mir untersagt.

Als Vater zurückkam aus Bukarest, schien seine Begeisterung für die Russen etwas nachgelassen zu haben. Innerhalb der Partei gab es eine Wende. Antisowjetische Tendenzen. Das Begräbnis hielt Vater für einen riesigen politischen Erfolg. Es zeige, dass sich das Land nach den verwirrenden Zeiten des königlichen Putsches und dessen Folgen wieder erhole und einen Halt bekomme. Die Partisanen kämpften noch in den Bergen. Man hörte aber immer weniger von ihnen. Immer weniger glaubte man an ihren Erfolg. Inzwischen wusste jeder. Die Amerikaner kommen nicht mehr. Der Westen hat uns vergessen.

Verlassen. Betrogen. Vergessen. Verkauft.

Nous sommes ici aux portes de l'Orient. Ein verdammtes Schicksal hat dieses Land. Niedergebrannt. Und immer wie der auferstanden. Die Osmanen.

Die Tataren. Die Fanaren. Die Muskalen. Muskal nannte man vor dem Krieg die Russen.

Nous sommes ici aux portes de l'Orient, ou tout est pris à la légère.

Vater verkündete die fröhliche Botschaft. Wir hatten einen neuen, jungen, schönen und mutigen Generalsekretär. Vater schien irgendwie fröhlich, er strahlte. Wir dürfen aufatmen. Und den neuen Krieg beginnen. Das sagte Vater nicht. Er meinte es nur.

Ein verdammtes Schicksal. Alle wollen auf uns herumreiten. Am schlimmsten die Russen. Das hörte ich als Kind immer wieder. Immer wieder hörte ich es all die Jahre, die ich in Rumänien gelebt habe.

Immer wollten die Russen irgendetwas von uns. Sie wollten uns. Sie wollten. Dass es uns nicht mehr gibt.

Wir sind eine Insel von Latinität.

Wir sind eine Insel von Latinität in einem Meer von Slawismus.

Wir.

Transsilvanen, Moldawen und Walachen. Wir.

Wer sind wir.

Wer wir sind.

Als Vater zurückkam, verdichteten sich die Gerüchte. Krebs durch Bestrahlung. Ein Geschenk aus Russland. Man sagte, der Präsident wäre unbequem geworden. Hätte Restitutionsansprüche geäußert. Er hätte über die Zerstückelung des Landes geklagt.

Man hätte ihm gedroht. Man hätte Rumänien mit einer weiteren Zerstückelung gedroht. Man hätte mit Vernichtung gedroht.

Die Gerüchte wurden geschickt verbreitet. Oder. Vielleicht war auch etwas dran. Die Gerüchte verbreiteten sich weiter. Die Solidarität wuchs entsprechend. Die Gegner verbreiteten ihre eigenen Gerüchte. Dass Gheorghiu-Dej ein Freund der Sowjets gewesen wäre. Dass er Rumänien längst an die Russen verkauft hätte.

Von Restitutionsansprüchen war gar nicht mehr die Rede. Sondern nur von einem Bund der Länder. Wo der lästige Name Rumänien gar nicht mehr auftauchen sollte. Nur von Provinzen wäre noch die Rede gewesen. Dobrugea gehe an Bulgarien, wo sowieso schon der Rest liegt. Das Banat solle zu Tito. Siebenbürgen zu Ungarn. Moldawien dorthin, wo es hingehört. Zur Sowjetischen Föderation. Man sagte, die Sowjets träumten vom Donaudelta und vom freien Zugang zum Schwarzen Meer. Es wäre nur eine Frage der Zeit gewesen. Und der Tod hätte es noch rechtzeitig verhindert.

Es gibt Tote, die nie Ruhe finden. Die Gerüchte sprachen von Gheorghiu-Dej Exhumare. Und von Enthüllungen, die ihn entlarven sollten. Von Vaterlandsverrat sprach man. Von einem Volksverräter. Von Wiedergutmachung und Wiederherstellung der Wahrheit.

Ein Jahr meines Lebens hätte ich gegeben. Um zu wissen, wo die Wahrheit liegt. Vater wollte sich in diese Kontroversen nicht einmischen. Er glaubte an den alten Helden. Das Land brauchte aber einen neuen. Und der war schon da.

Ein Jahr meines Lebens hätte ich gegeben. Der Hass wuchs proportional zum Vertrauen in den neuen Landesvater. *De la Nistru pân' la Tisa.* So träumten manche wieder von Großrumänien. Und andere fluchten: *Fick ihn die Sonne und das Meer/ Den, der Ungarn gebär´.*

Von Großrumänien hielt Mutters Mutter gar nichts. Nationalstolz fehlte ihr vollkommen. Sie bekam immer noch ihren Verlängerten auf einem Silbertablett und ein Glas Wasser dazu. Ihre Mutter hatte in Wien gelernt, und so war Großmutter für immer dem Kaiser verbunden. Sie hielt sich für eine Europäerin und hatte mit dem Großreich Rumänien noch nie etwas am Hut gehabt. Mit diesen Schlampigen und Ungebildeten aus der Walachei. Die Vereinigung wollte sie nie haben. Auch nicht mit Ungarn. Nein. Nicht zu Ungarn. Transsilvanien hätte Autonomie bekommen sollen.

Trianon. Trianon. Wie viel Verrat verträgt die Geschichte. Großmutter hielt sich für eine Weltbürgerin. Ich habe eine Suppe gekocht, die spricht sieben Sprachen. Alle Gerichte, die Mutters Mutter kochte sprachen sieben Sprachen. Denn sie sind ihr in meiner Erinnerung immer ausgezeichnet gelungen. Großmutter hatte ihre Kinder mehrsprachig auf wachsen lassen. Sie selbst sprach ein Kauderwelsch, das sie an mich weitergegeben hat. Kauderwelsch ist meine eigentliche Muttersprache.

Großmutter war es egal, ob man România oder Romînia schreibt. Wenn man es sowieso gleich ausspricht. Egal, ob man es mit â aus dem a von Roma schreibt und damit an die lateinischen Wurzeln anzukoppeln versucht. Oder es mit dem î schreibt, wie es die Russen tun, um die angeblichen slawischen Wurzeln Rumäniens auszudrücken.

In Transsilvanien war die lateinische Wurzel sprachlich überbetont. Die Kinder hießen alle Traian, Octavian, Tiberius und Aurelia. Tibi! Tavi! Reli! – wurden sie dann ge rufen. Großmutter kicherte. Tibi, Tavi und Reli. Die ganze Grandeur der Römer ist hin.

Großmutter war ein Feind. Aber keiner durfte es wissen.

Einige Zeit nach Vaters Rückkehr aus Bukarest hatte der neue Vorsitzende der Partei auch die Präsidentschaft der Republik für sich in Anspruch genommen. Mit Zepter, Siegel und Schwur. Er ließ gleich ein paar Dekrete aus seiner Feder fließen. Ein paar Begnadigungen für nicht allzu gefährliche politische Häftlinge und Deportierte aus dem Bărăgan. Eine neue Schreibweise des Namens Rumänien. Per Dekret wurde Rumänien wieder romanisiert. Der Verlag und die Buchhandlungen, die »Das russische Buch« hießen, verwandelten sich über Nacht in »Das rumänische Buch«. Alles wurde rumänisch und hatte seine Specific National. Wir bekamen den Sozialismus mit nationalem Touch. Dor, die Sehnsucht aus den Balladen und aus den traurigen rumänischen Volksliedern, den Doinen, war spezifisch rumänisch.

Das Wort Dor benannte ein Gefühl, das nur Rumänen kannten. Die Sauerkrautwickel waren einmalig rumänisch und so nationalspezifisch, dass sie nirgendwo sonst auf der Welt so lecker schmecken konnten. Wenn es sie überhaupt jemals woanders noch geben sollte. Keine anderen schmeckten so lecker wie die, die mit rumänischem Wasser gekocht, mit rumänischem Salz gewürzt und mit in rumänischer Erde gewachsenem Gemüse bereitet wurden. Das rumänische Kraut war einmalig und national. So wie die Transhumanz und das Bäää-ää-ääh der Schafe.

Alle waren hingerissen vom Mut des Präsidenten. Wir standen auf seiner Seite. Damals war ich etwas über zehn. Im PCR-Block gab es kein Kind, das den Präsidenten nicht hätte unterstützen wollen. Unser Vaterland war in Gefahr. Und wir waren bereit.

Die Zensur wurde abgeschafft und die Zahl der Sicherheitskräfte verringert. Wer hätte da nicht an Freiheit glauben wollen. Die Partei bekam neue Mitglieder. Immer freiwilligere Mitglieder.

Wer hätte da nicht an Demokratie glauben wollen.

VII

Ich war in einem tiefen Brunnen versunken.

Ob meine Eltern über all das informiert waren.

Die Russen waren schon längst in Prag einmarschiert. Meine Missachtung gegenüber Amerika war in Sowjethass umgekippt.

Ich wollte nicht mehr gegen die Amerikaner kämpfen.

Melitta auch nicht. Andere Aufgaben standen auf der Tagesordnung.

Jahre waren vergangen. Wir waren nicht mehr zusammen im Internat. Ich selbst lebte inzwischen auch nicht mehr dort. Meine Eltern waren nach Arad gezogen.

Melitta hasste die Russen aus Bocşa. Und ich die aus Arad. Ich wollte Russisch vergessen. Vergessen, dass ich jemals diese Sprache gesprochen hatte. Ceauşescu war ein Held, an dessen Seite wir bereit waren, den Krieg gegen die mächtige Sowjetunion aufzunehmen.

Nein. Mit sechzehn hatte ich schon eine etwas klarere Vorstellung. Prag war viel früher. Und damals waren wir nicht ganz dreizehn. Ich war in den Sommerferien bei Melitta zu Besuch. Wir rauchten versteckt im Garten unsere ersten Zigaretten, kauten Walnussblätter und Petersilie hinterher. Und hörten wie verrückt Free Europe.

Es war eine Augustnacht, und ich hatte schlecht geträumt. Melitta spürte meine Unruhe und wachte auf. Ich erzählte meinen Traum.

Meine Mutter sollte mit ihrer Frauenorganisation zur Feier des 23. August den Park gegenüber von unserem Wohnblock säubern. Diese Art Arbeiten gab es tatsächlich, und sie hießen »Muncă voluntară«. Freiwillige Arbeiten. Man musste unbedingt teilnehmen. Sie wurden als politische Frauentätigkeit betrachtet.

Der Park erstreckte sich am Ufer der Marosch. Die Frauen hatten Hacken, Rechen und allerlei Gartengeräte dabei. Es waren rumänische und tschechische Frauen. Plötzlich kam eine dunkle Wolke, und Staub wirbelte durch den Park. Die Rechen und Hacken hatten etwas Bedrohliches. Angst verbreitete sich. Krieg kündigte sich an.

Als ich aufwachte, zitterte ich und hatte die Haare voller Schweiß. Melitta schaltete Free Europe ein. Wie immer, wenn wir nicht schlafen konnten. Es war drei Uhr nachts. Russische Panzer und bewaffnete Soldaten belagerten Prag.

Es war zu den ersten Auseinandersetzungen gekommen. Die Bevölkerung leistete Widerstand.

Radio Bukarest hatte sich noch nicht entschieden. Melitta und ich guckten uns wie erstarrt an. Wir wussten sofort, was wir machen wollten.

Vielleicht wäre Vater ein Dissident geworden. Wenn der Prager Frühling keine Unterstützung in Bukarest gefunden hätte. Wir waren im Frühjahr alle zusammen im Urlaub. Das war etwas Außerordentliches. Selten fuhren meine Eltern in Urlaub. Es war ein Kurort in Moldawien. Slănic Moldova.

Da erfuhr ich von Dubček und den vorgeschlagenen Reformen. Vater war enthusiasmiert und hörte den ganzen Tag Radio. Free Europe. *Emisiunea in limba româna.* Mutter ging ihrer Kur nach. Vater und ich waren nicht vom Radio wegzukriegen. Es kochte und brodelte in Prag. Radio Free Europe hörte man gewöhnlich im Dunkeln. Bei abgeschlossener Tür. Bei verriegelten Fenstern. Vater war wie elektrisiert. Unvorsichtig. Mutter sagte: Mensch, lass das sein. Es hört dich noch jemand. Wir hatten Kurkarten von der Gewerkschaft. Vater war zu der Zeit Gewerkschaftsvorsitzender unseres Kreises. Um uns herum waren lauter Urlauber mit ähnlichen Karten. Mit Vater war nicht zu reden. Er lachte plötzlich unbeschwert. War sehr jung.

VIII

Der Widerstand gegen den Einmarsch des Warschauer Paktes und die darin implizierte offizielle Unterstützung des Prager Frühlings brachten etwas Licht ins Land. Zu der Zeit korrespondierte ich ausschließlich Richtung Westen. Leute aus dem Untergrund waren dabei, aus dem Umfeld der italienischen Partei *Lotta Continua*, aus der deutschen Drogenszene. Aber auch naive Vertreter der westlichen Dekadenz.

Doch trotz Öffnung und Lichtblick galt die Parole »Vigilența«, Wachsamkeit, mehr denn je: Verstärkt die Wachsamkeit! Wie in den schlechten russischen Kriegsfilmen.

Verstärkt die Wachsamkeit! Alle forderten es. Die Partei. Die Schule. Die Eltern. Die *Securitate*. Wachsamkeit gegen über dem Feind. Dem Klassenfeind, der überall lauerte.

Lotta Continua war nicht radikal. Nicht so wie die *Brigate Rosse* und die RAF. Man ließ mich weiter korrespondieren. Aber ich bekam einen Überwacher. In der Person eines Abiturienten aus Iași in Moldawien, der angeblich meine Adresse in der Musikzeitschrift *Melody Maker* gefunden hatte. Ausgerechnet die Zeitschrift *Melody Maker*, deren Adresse ich durch einen verbotenen Radiosender besaß und die ich nie selbst zu Gesicht bekommen hatte.

Als hätte *Melody Maker* auf der Straße gelegen oder wäre am Kiosk zu kaufen gewesen.

Der Überwacher schrieb lange Zeit. Ich hatte keinen Verdacht geschöpft. Meine Eltern vermutlich auch nicht. Sie ermutigten mich, ihm zu antworten. Seine Briefe waren aufregend. Interessant. Aufrührend. Ich hatte nie ein Geheimnis aus meinen Meinungen gemacht. Er auch nicht. Und so fanden sie sich alle in meinen Akten wieder, gut aufgehoben. Später wurden sie mir beim Verhör vorgelesen. Zusammen mit anderen Äußerungen, die ich in der Schule, bei Versammlungen der Pioniere und der Jugendorganisation, im Internat oder in meinen Briefen gemacht hatte.

IX

Vater scheint froh zu sein, dass wir gekommen sind. Er freut sich über meinen Sohn. Mein Enkel, sagt er. Seine Augen glänzen. Voller Tau. Gläsern und blau. So groß bist du geworden, mein Enkel, seitdem wir uns das letzte Mal gesehen haben. Er streichelt den Kopf meines Sohnes. Vater kann streicheln! Er scheint sich auch über mich zu freuen. Vater scheint sich überhaupt zu freuen.

Lachen und Freude – ein Zeichen der Schwäche, des Leichtsinns. Der Frivolität. Frivolität ist ein Wort, das ich ganz früh gelernt habe. Mutter verwendete es mit Abscheu. Vater benutzte es immer wieder, um über schlechte Beispiele zu sprechen. Über leichte Mädchen und Menschen ohne »conștiință«. Die nichts ernst nahmen. Das Leben genießen wollten. Nicht nur die Arbeit und die Aufgaben der Partei. Ein Parteimitglied darf nicht frivol sein. Ein Parteimitglied muss immer wachsam und bewusst sein. Und so auch seine Angehörigen. Frivolität ist ein Wort, das mir immer wieder nicht einfällt, wenn ich es verwenden will. Ich möchte es ziemlich oft verwenden. Damit ich es loswerden kann. Es ist tief in mir eingegraben. Ich vergesse es immer wieder. Und weil ich es vergesse, kommt es mir immer wieder in den Sinn.

Vater scheint sich über uns zu freuen.
Freude. Freude. *Bucurie* auf rumänisch. *Bucurie* – ein Wort, das für meine Ohren das Geheimnis der Öffnung beinhaltet. Und damit das Licht, das Lachen und die Freude.
Vater war bestimmt nicht frivol. Lachen habe ich ihn selten gehört. Meine Mutter noch seltener. Eigentlich habe ich Mutter nie lachen gehört. Ein schüchternes, verwundetes Lächeln. Mehr war es nicht. Ein Lächeln mit gesenktem Kopf. Mit halb geschlossenen Augen. Oder irgendwo in die Ferne schauend. Man konnte nicht sagen, ob in die Ferne der Vergangenheit oder der Zukunft. Mutter war pflichtbewusst. Vielleicht doch in die der Zukunft.

Vater war nicht frivol. Eines Tages musste ich feststellen, dass er mehrere Gesichter hatte und außerhalb des Hauses eines trug, das mir unbekannt war.

Ich sollte Vater von der Arbeit abholen. Mutter wollte es so. Damit er endlich auch mal bei uns wäre. Zu Hause. Immer wieder hörte ich Mutter sagen: Wann nimmst du dir Zeit und kümmerst dich um uns.

Schwierig zu sagen, was Vaters Arbeit war. Er wälzte Papiere. Sprach mit Menschen. Telefonierte. Es hieß, er habe keine Zeit. Keine freie Minute. Auch am Wochenende nicht. Oder an Feiertagen. Alle Väter, die ich kannte, wälzten Papiere und sprachen mit Menschen. Propagierten die Lehren der Partei. Im Büro. Am Telefon. Im Außendienst. Diese Väter waren aber auch mal zu Hause. Schaukelten ihre Kinder auf dem Schoß. Tranken Bier.

Vater trank selten Bier. Dafür musste es ein besonderer Tag sein. Der 1. Mai. Oder der 23. August. Oder die Hitze hätte wirklich unerträglich sein müssen. Im Hochsommer.

Ich wurde in solchen Fällen geschickt, um kaltes, frisches Bier anzuschleppen. Mutter war immer wieder entsetzt. Ein Mädchen schickt man nicht in die Kneipe, um Bier zu holen.

Es schickt sich nicht, pflegte Mutters Mutter zu sagen. Für meine Urgroßmutter wäre so etwas undenkbar gewesen. Sie hätte die Nase gerümpft. Mit der Hand eine abwertende Geste gemacht. Proletarier-Sitten. Aber mein Vater hielt von solchem kleinbürgerlichen Getue überhaupt nichts.

Das Netz dehnte sich bis zum Boden. Ich musste die Henkel um das Armgelenk wickeln. Und dennoch fegte ich den Boden mit der Last der Flaschen. Vater genoss das Bier auf eine zurückhaltende, bescheidene Art. Als gehörte selbst das zu seinen, wenn auch gern absolvierten, unter den Begriff »Arbeit« fallenden Tätigkeiten.

Mein Vater ist ein Pflichtmensch. Sogar das Leben selbst ist eine Pflicht. Jetzt ist er über siebzig und übt gewissenhaft weiter. Er übt, ein noch besserer Mensch zu werden. Schließlich muss es wenigstens einer in der Familie tun. Meine Mutter hatte es schon längst aufgegeben.

Ich holte also meinen Vater von der Arbeit ab. Der Ärger meiner Mutter über seine Abwesenheit wuchs proportional mit den Bergen von Zeitungen, Zeitschriften und Parteibroschüren, die unsere Wohnung zuschütteten. Und die wiederum stiegen proportional mit dem Groll des Vaters über die Erwartungen der Mutter.

Der Weg bis nach Hause hätte nicht mehr als zwanzig Minuten gedauert. Vater brauchte mehr als drei Stunden. An jeder Ecke traf er auf jemanden, der eine Bitte, ein Problem zu lösen hatte, eine Stelle suchte, auf irgendeine Liste für freie Plätze in Kurorten, für Ferien oder Gasflaschen eingetragen sein wollte, eine kranke Schwiegermutter zu betreuen, einen behinderten Sohn irgendwo unterzubringen hatte. Oder sich für irgendetwas bedanken musste. Ganz viele Menschen wollten sich bei ihm für irgendetwas auf dem kurzen Weg bedanken. Vater strahlte aus den blauen Glaskugelaugen und war herzensfroh und witzig.

Ich kannte Vater anders. Einmal wollte sich jemand bei ihm mit einem Truthahn bedanken, wie das ungeschriebene Gesetz es vorsah. Vater schmiss die Person raus. Den Truthahn hinterher. Er donnerte und blitzte aus den Augen. Sodass das ganze Maroschtal weit und breit mit all seinen Ortschaften informiert war und keiner so etwas ein zweites Mal wagte.

Als wir zu Hause ankamen und Mutter uns öffnete, explodierte die Luft im Flur. Sie roch nach Schießpulver. Nach Brand und Blut. Wunden waren nicht zu sehen. Mutter sagte nur etwas Beliebiges, um den Schmerz zu verbergen. Guckte auf den Boden. Vater eilte zum Schreibtisch. Viel Arbeit … Ich muss noch … Die ganze Nacht durch. Irgendwann wollte er dann doch etwas zu Abend essen.

X

Vater am Bahnhof

Er sieht aus wie ein alter Soldat. Sein Rücken in stolzer Haltung mit einer leichten Tendenz zur Weichheit. Ein alter Kämpfer. Dabei war er kaum Soldat.

Vater hat sich verändert seit wir uns nicht mehr gesehen haben. Er ist geduldiger geworden und erzählt gern. Sogar mir. Wir reden über Gott und die Welt. Vater nimmt mich plötzlich ernst. Fragt nach meiner Meinung. Ab und zu vergisst er wieder, dass ich inzwischen doch erwachsen bin. Nein. So ist es nicht. Ich war immer wie erwachsen für ihn. Nur aus einer anderen Welt.

Vater hat sich verändert, aber er ist sich selbst treu geblieben. Vater ist der Partei treu geblieben. Die Partei aber sich selbst nicht. Sie hat den Namen verändert. Heißt jetzt »Sozialistische Partei der Arbeit«. Ihre Sozialisten trauen sich nicht, sich Kommunisten zu nennen.

Aber Vater kann nicht anders. Ich weiß, dass er ein Sohn seiner Zeit ist. Ohne die Partei wäre aus ihm nichts geworden, hat er immer gesagt. Den armen Menschen wurde damals im Regime der Bourgeoisie und Großgrundbesitzer nichts gegönnt. Seine Familie wäre so arm gewesen, dass er nie hätte irgendetwas lernen können. Das musste ich mir immer wieder anhören, wenn er mit mir unzufrieden war. Und bei Gott, das war er immer. Er erzählte von Armut und dem schweren Leben. Und dieser ganzen Unterdrückung. Erniedrigung und Ausbeutung. All dem, was wir sowieso in der Schule andauernd lernten. In Geschichte. In Gedichten. In Sozialismuskunde. Im Musikunterricht und vielleicht sogar in Chemie.

Es hieß immer. Wir hatten als Kinder kaum etwas anzuziehen. Zu Hause gab es kaum etwas zu beißen. Auf dem weiten Weg zur Schule mussten wir barfuß laufen. Nur im Winter bekamen wir Bundschuhe aus Schweineleder und zwei paar Fußlappen. Wir waren nicht so verwöhnt wie du. Wie eure Generation.

Vater war der sechste Sohn von sieben Kindern. Über seine Familie erzählte er herzlich wenig. Die Mutter starb kurz nach der Geburt der Schwester. Die Familie lebte in einem Einzimmerhaus mit Lehmboden. Sie hatten etwas Land und Tiere. Das Land war unfruchtbar und ungünstig auf einem Hang gelegen. Doch Apfel- und Pflaumenbäume gab es. Und sie trugen reichlich Ernte.

Mit Wagen, voll mit Äpfeln und Pflaumen, mit Pflaumenmus und Dörrobst, zogen sie ins Flachland. Mit Obst und Obstler. Mit doppelt gebranntem Schnaps. Mit hausgemachtem Kürbiskernöl. Tauschten alles gegen Mais und etwas Weizen. Käse und Milch hatten sie selbst. Und ein Schwein zum Schlachten vor Weihnachten.

Vater vergaß, über die Täler zu erzählen, die sich vor dem Elternhaus öffneten. Über den Dunst, der sich frühmorgens aus der Erde hob. Über den Geruch der

Erde. Die Klarheit der Luft. Das Licht an den Sommertagen, da man die Schafe auf den Bergen sehen konnte. Über die Rufe der *Tulnice* am Abend. Die den Tag verabschiedeten. Über die Tulnice am Morgen. Die den neuen Tag begrüßten. Die Botschaft des neuen Tages in die Welt schickten, von einem Berg zum anderen. Er vergaß, über den Jahrmarkt von Găina zu erzählen, wo die Mädchen verkauft wurden. Über die reife Sonne. Das Obst in den Bäumen. Über den Schnee.

Er sagte. Zwiebel und *Mămăligă*. Mehr trugen wir nicht in unseren aus Wolle gewebten Schultaschen. Wir haben uns nur geopfert. Und geopfert. Eine Opfergeneration. Damit es euch besser geht.

Vater ist der Meinung, alles, was er getan hat, war, sich aufzuopfern. Nichts als Arbeit. Das war seine Aufgabe. Und die habe er gern getan. Weil es notwendig war. Aber immerhin, es war ein Opfer.

Meine Mutter und mein Vater und ihresgleichen, sie alle opferten sich auf. Das hörten wir auch in der Schule. Sie opferten sich für unsere Generation. Und darauf waren wir Kinder stolz. Ich fragte mich nicht, worin dieses Sichaufopfern bestand.

Meine Eltern gingen nie zu Besuch und auf Feste. Das sei Eitelkeit, Geldverschwendung und Frivolität. Und das schätzten meine Eltern nicht. Meine Mutter entdeckte immer im letzten Moment, dass ihr ein Schuhabsatz gerade gebrochen war, sie nichts anzuziehen hatte, keinen ordentlichen Mantel besaß oder der Friseur geschlossen hatte.

Mutter ging einmal im Jahr zum Friseur. Wenn es anders gar nicht mehr ging. Wenn sogar Vater, der am liebsten nur gespart hätte, sie nicht mehr neben sich ertrug. Meistens dann, wenn sie zu einer Pflichtparty der Partei mussten.

Das Silvesterbankett, diese alljährliche patriotische Pflicht der Freude, ließen sie aber ausfallen. Da ihre Treue und Arbeitsamkeit während des Jahres bekannt war, hatte selbst die Partei dafür Verständnis. Irgendwann musste man ja auch mal ausschlafen.

Es gab aber nicht nur Silvester. Sondern auch den 1. Mai und den 23. August. Nicht einmal der 1. Dezember, der Tag der Vereinigung von Siebenbürgen mit dem alten Königreich, also der Tag der Gründung des Rumänischen Nationalstaates, und nicht einmal der 30. Dezember, der Tag der Republik, waren so wichtig wie der 23. August. Der Tag der Befreiung vom faschistischen Joch. Der Tag der Insurrektion. Des Putsches. Wo der König und die Armee eben. Und die Kommunisten. Wo die Angst vor den Russen in Russenliebe umgekippt war.

An diesem Tag musste man ausgesprochen ernste und nachprüfbare Gründe haben, um bei der Feier zu fehlen.

Es kamen der Parteisekretär der Lokalregierung, der Vizesekretär und all die Direktoren und politisch wichtigen Vertreter mit den Genossen-Gattinnen. Alle unsere Nachbarn aus dem Haus gingen hin.

An diesem Tag hörte sogar der Kampf zwischen den Kindern der beiden Wohnblöcke auf. Das war der Tag, an den wir Kinder gern dachten. Ich träumte von ihm. War unglaublich aufgeregt.

Vormittags gingen wir zur Demonstration und Parade. Pioniere mit blutroten Halstüchern. Schule und Armee. Die Arbeiterklasse und die Intellektuellen. Wir alle demonstrierten mit Transparenten, Porträts und Kokarden. Mit Pauken und Trompeten. Vor dem Präsidium.

Auf einer Tribüne, überzogen mit rotem Stoff, geschmückt mit weißer Seide, saßen vor uns in würdevoller Haltung die wichtigsten Vertreter der Gesellschaft. Unsere Väter. An der Brust trugen sie ihre Orden und Auszeichnungen. Und bekamen bei dieser Gelegenheit neue dazu.

Über den Köpfen hing das Porträt des damaligen Generalsekretärs der Kommunistischen Partei. Oder des Präsidenten der Republik und »Stema Țării« - das Emblem Rumäniens mit Hammer und Sichel. Wir marschierten und skandierten Parolen. Trugen Fahnen der Pionierorganisation, die heilige Rote Fahne der Partei und die »Tricolor«.

Rot, gelb, blau ist unsre Faaahne,
unseres lieben Vaterlands.
Rot-gelb-blau ist unsre Faaahne
tra-la-laah-la-la-la-lah.

Es wurde der »Salut de onoare« gegeben. Die Pioniere schworen ihren Eid. Für Partei und Vaterland. Gedichte wurden rezitiert. Für das Vaterland. Die Partei. Manchmal sogar für die Mutter.

Unsere Väter und die Vertreterin der Kommunistischen Frauenorganisation hielten Reden. Hielten *Dări de seamă* und Analysen. Lobten und schworen.

»Işi luau angajamentul«, dass, obwohl alles so wunderbar ist, es noch besser und besser wird. Versprachen, dass der Neue Mensch den Feind besiegen werde. Versprachen, dass alle sich zum Neuen Menschen entwickeln werden, unserer Neuen Gesellschaft würdig.

Es war ein berauschender Tag. Am Ende der Kundgebung wurden Luftballons verkauft. Überall liefen staatliche Eisverkäufer herum. An diesem Tag gab es Bier zu kaufen. Man aß gegrillte Mititei und Wiener Würstchen mit Senf. Irgendein verrückter, reaktionärer Privathändler pflegte zu erscheinen, mit selbst gemachten Bonbons, riesigen, bunten Pfeffernussherzen, Zuckerwatte und glasierten Äpfeln. Wie früher auf dem Jahrmarkt und beim Sanktmarienfest. Wir Kinder vergaßen die Selbstdisziplin und das politische Bewusstsein und schleckten uns das klebrige Zeug um die Ohren. Im Park spielte eine Blaskapelle. Der 23. August war ein berauschender Tag.

Wir Kinder aus dem PCR-Block hatten noch einen besonderen Grund, uns zu freuen. An solchen Abenden gingen die Eltern auf ihre Pflichtparties, und wir blieben über Nacht allein. Durften bei dem einen oder anderen übernachten. In unserer Familie war das ein einmaliges Ereignis.

Ich schwebte. Ging auf Wolken. Es war der 23. August. Ich durfte bei Juliana übernachten. Bei Juliana mit dem Puppenwagen.

Vater bat mich, vorher noch irgendetwas aus dem Schuppen zu holen. Ich war wie in Trance. Es war ein

Zustand, den Mutter hasste. Wenn du etwas tust, musst du hundertprozentig bei der Sache sein, sagte sie. Egal, was du tust. Napoleon konnte doch auch mehrere Sachen auf einmal machen. Und wurde trotzdem berühmt. Mutter meinte aber, ich wäre noch kein Napoleon. Ich fluche bei dem Gedanken. Fragte mich, wie man auch noch ans Abwaschen denken soll, wenn man gerade abwäscht. Und wie man all die verhassten Dinge machen soll, zu denen man gezwungen war, ohne dabei gedanklich zu entfliehen.

Vater bat mich um etwas. Er musste es wiederholen. Mich an der Hand packen. Ich war wie in Trance. Der Verschlag lag draußen im Hof, zwischen unserem Haus und dem der Armeeangehörigen. Unten stellte ich fest, dass ich den Schlüssel vergessen hatte. Ich ging nach oben und suchte ihn. Vergebens. Ich suchte und suchte. Ging hoch und runter. Der Schlüssel war nicht zu finden. Vater wurde aufmerksam. Ich stand unten vor der Schuppentür. Zitterte und weinte. Vater sah mich vom Fenster. Es gab noch einen Ersatzschlüssel. Aber Erziehung ist Erziehung, und Prinzip ist Prinzip.

Wir wohnten im vierten Stock. Als er in den Hof kam, war er außer sich. Rot vor Wut. Seine Stimme. Seine Worte.

Er packte mich an den Haaren und zog mich hoch. Schlug mich im Hof. Aus den Fenstern guckten die Genossen und die Kinder der Genossen. Und meine Mutter. Sie kam noch rechtzeitig. Dieser 23. August war ein großer Feiertag. Von da an durfte mein Vater mich nicht mehr schlagen. Damit blieb Mutter beauftragt. Was immer Kinder tun. Man soll sie nicht totschlagen. Heute noch, wenn ich mich kämme, erinnern sich meine Haarwurzeln an diesen Feiertag.

Vater ist mit der Partei gewachsen. Er hat die Partei in seinem Blut. Wenn er begraben wird, will er keinen Priester. Aber all seine Auszeichnungen und Dekorationen, seine Orden sollen ihn begleiten.

XI

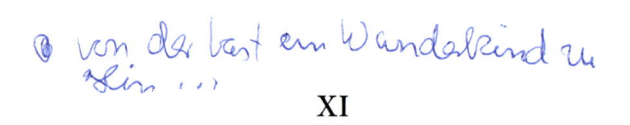

Mein Vater hat keine Laster.

Das macht mir Angst. Oder vielleicht ist es gar nicht so. Ich kenne meinen Vater als jemanden, der keine Laster hat. Der immer ein Beispiel war für die anderen.

Ich selbst musste immer ein Beispiel sein. Ein Wunderkind nannte man mich. Und diese Last war unerbittlich. Wir waren eine exemplarische Familie. Denn wie sonst kann man Menschen nennen, die nur dafür leben, dass sie ein lebendiges Beispiel für die anderen sind.

Wir feierten in unserer Familie keine Feste. Keinen einzigen Geburtstag. Ich erinnere mich an keinen Glückwunsch. Keine Blumen. Keine Belohnung für gute Zensuren. Lernen sollte man aus eigenem Antrieb. Damit man sich den anderen nützlich machen kann und eventuell auch sich selbst. Gute Taten wurden nicht belohnt. Denn man musste sie tun aus Nächstenliebe. Nein. Aus Verantwortung gegenüber der Gesellschaft. Heute noch schäme ich mich, wenn ich eigene Wünsche habe und sie mir selbst erfülle. Gott war ein Tabuthema. Also gab es keine Weihnachten. Nicht einmal Silvester. Obwohl es sogar ein von der Partei zum Feiern verordneter Tag war. Einen geschmückten Baum fand Vater übertrieben. Rausgeschmissenes Geld. Und ein Zeichen von mystisch-religiös-unheilvollen Neigungen. Das mögen vielleicht schwache Köpfe in der Partei sich noch nicht abgewöhnt haben. Er konnte es aber nie in seiner eigenen Familie dulden. Vater machte keine Kompromisse. Väterchen Frost, den man erfunden hatte, damit man doch jemanden beauftragen kann, den Winterbaum für die Kommunistenkinder zu bringen, hat Vater nie angenommen. Das brauchte er auch nicht. In seiner Kindheit wäre der Weihnachtsmann mit seinen Gaben nie verboten gewesen. Und all die Freude, die dazugehörte.

Die Familiengeschichte will es so. Es ist Großmutters Geschichte. Sie spricht über den einzigen Baum, der die Familie geschändet hat. Und das liegt sehr weit zurück. Als meine Mutter aus Unwissenheit. Und aus Mangel an »conştiință de clasă« und Ideologie. Was so viel heißt wie Klassenbewusstsein. Noch fest verankert in ihren kleinbürgerlichen Gepflogenheiten. Obwohl schon längst eine Genossin. In meinem ersten Lebensjahr einen Baum geschmückt hat. Den angeblich Väterchen Frost gebracht hatte.

Die Wut deines Vaters war nicht zu bändigen, sagte Großmutter. Er hat den Baum umgeschmissen. Auf ihm herumgetrampelt. Die Kugeln zerbrochen. Die Engel entflügelt. Den Stern vernichtet. Alles auf den Misthaufen gebracht. Wild und blutig. Niemand konnte ihn abhalten. Und du schon gar nicht.

Großmutter sagte eigentlich nie »dein Vater«. Sondern nur: Er. Oder. Der Genosse. Oder Schlimmeres. Ich sollte das alles nicht hören. Ich hörte es trotzdem.

Hörte auch, dass Vater Großmutter immer nur »die Madame« nannte. Die Dinge gingen so weit, dass sogar meine Mutter diese Redewendung angenommen hat. Mit mir sprach sie über »deine Großmutter«. Oder die »gnädige Frau«. Selten habe ich sie »Mutter« sagen hören. Es gab Dinge in unserer Familie, die nicht einmal einem Wunderkind anvertraut wurden.

Zwischen Mutters Mutter und Vater lagen Welten. Aber nicht die waren es, die Großmutter so verbittert über ihn sprechen ließen. Großmutter liebte mich über alles. Das weiß ich. Auch wenn sie es mir nie gesagt hat. Großmutter konnte es Vater nicht verzeihen, dass er keine Kinder haben wollte. Und schon gar kein weibliches Kind. Dass er mit seiner Frau gestritten hatte, als es dann doch passiert war. Dass sie verzweifelt war. Und gedemütigt. Am Rande der Verzweiflung und nahe dem Selbstmord. Dass er uns nie im Krankenhaus besucht hat. Und eine Weile nicht nach Hause kam und so weiter. Sein Kind ist das nicht. Nein. Auf keinen Fall. Denn er zeuge keine Mädchen. Großmutter sagte ihm, er solle doch aus der Partei austreten. Denn ordentliche Parteileute zeugten wirklich keine Mädchen. Aber bei uns im Haus, im PCR-Block, gab es noch Juliana Albu. Und Hortensia Schranko.

Irgendwann hat sich Vater damit abgefunden. Vater und Mutters Mutter dagegen haben sich nie wirklich versöhnt.

Mein Vater hat keine Laster.
Meine Eltern haben sich nur geopfert.

[handschriftliche Notiz: Wie Vater + Mutter kennengelernt?]

Wir müssen es tun. Für die nächste Generation. Für ihre Zukunft, hörte ich immer wieder meinen Vater sagen. Meinen Vater und meine Mutter. Meine Mutter und die Leute, die wir kannten. Wir kannten nur solche Leute.

Wir müssen uns aufopfern. Für die von morgen. Damit es für die von morgen besser wird.

Zukunft und Opfer waren unzertrennlich. Ich bin damit aufgewachsen. Ich wurde damit genährt. Unzertrennlich waren sie in der Vorstellung meines Vaters. In der meiner Mutter. Und in der all der Leute, die wir kannten. Das Glück ist erst morgen reif. Unsere Kinder werden es pflücken. Wir dürfen es nicht selbstsüchtig vergeuden. Müssen es aufbewahren und vermehren. Vermehren und vollenden. Das ist unsere Aufgabe. Meinte die Generation meines Vaters.

Zukunft. Magisches Wort.

Zukunft. Das Bild der Vollkommenheit für die immer nächste Generation. *[handschriftliche Notiz: der neue Mensch]*

Vollkommen. So wird der Neue Mensch werden. Vollkommen sollten auch wir sein. Die Kinder der Neuen Ära.

Melitta und ich übten uns darin, Egoismus in unserem Verhalten zu entdecken und auszulöschen. Mein Egoismus war auch Mutters größte Sorge. Neben der allergrößten. Der Angst, dass sich in meinem Blut das Temperament meines Vaters oder das meines Urgroßvaters mütterlicherseits austoben würde. Und ich. Na ja. Nicht zu bändigen wäre. Mutter machte es sich zur Aufgabe, mich zu bändigen. Wohin guckst du? Deine Augen tanzen. Sie bewegen sich wie Quecksilber. Wo guckst du hin? Pflegte sie mich zu fragen, wenn wir gemeinsam auf der Straße waren. Wohin guckst du. Sie zwickte mich und schimpfte. Du hast das Blut deines Vaters. Ein blauer Fleck auf meinem Arm. Ich war neugierig auf die Welt.

Vater sagte immer. Du sollst deiner Tochter beibringen, nicht mehr zu lügen. Gelogen habe ich nicht. Denn lügen war ja strengstens verboten. Manchmal habe ich Geschichten erzählt. Aber nicht zu Hause. Zu Hause habe ich die Wahrheit gesagt. Manchmal nicht die ganze.

Du lügst, schrie mich damals Vater an. Du lügst. Das hast du dir nur eingebildet. Das hast du erfunden. Mutter sagte aber, das sei die Wahrheit. Er hätte es auch bei ihr versucht.

Damals im Keller. Als ich noch sehr klein war. Und sie hätte Vater das schon damals erzählt. Sie hätte ihn schon damals darauf aufmerksam gemacht. Und hätte er es damals schon ernst genommen, wäre es jetzt nicht so weit gekommen.

Ihr lügt beide, schrie mein Vater. Ihr wollt bloß meinen Bruder verleumden. Er war rot und wild. Er hat Mutter und mir das nie verziehen.

Ich habe nicht gelogen. Vaters Bruder durfte nicht mehr zu uns kommen. Damals bekam ich noch keinen Violinunterricht. Wusste aber trotzdem über einiges Bescheid. Ich glaube, ich war nicht ein-

> Aufklärung mit Fünf

mal fünf, als Mutter mir am Beispiel des Hahns und der Henne alles erklärt hatte. Sie erzählte mir auch noch von einem transparenten, verborgenen, ganz feinen Häutchen. Das nur Mädchen haben. Solange sie noch Mädchen sind. Und das wäre etwas sehr Wertvolles. Das faszinierte mich und meine Freundinnen. Ich hatte es ihnen weitererzählt. Und wie es heißt, hatte ich ihnen auch gesagt, nur falsch. Ich verwechselte den Namen immer mit der Hymne. Trotzdem. Man wusste, worum es ging. Jemand sagte sogar, dass man an einer bestimmten Stelle im Auge sehen kann, ob es noch da ist oder nicht. Vielleicht sogar Mutter. Dass man jederzeit wissen kann, ob ein Mädchen noch. Oder nicht mehr. Meine Freundinnen und ich, wir guckten uns in die Augen und lachten und sagten. Du bist es nicht mehr. Du bist es nicht mehr!

Dieses verdammt feine Ding. Immer, wenn Mutter eine Henne geschlachtet hatte, zeigte sie mir diese »Transparenz«. Die Eingeweide waren darin eingewickelt. Mutter sagte, es wäre etwas so Wertvolles, dass ein Mädchen es ganz schlecht hat im Leben, wenn es nicht mehr da ist. In der ersten Nacht. Deswegen durfte ich keinen Spagat machen. Aber eines Tages stellte ich fest, dass ich dieses so Wertvolle nie besessen habe.

Als Mutter geheiratet hat. Ob sie dieses Wertvolle. Dieses so unsagbar Wertvolle da noch besessen hat. Das könnte ich Vater fragen. Böse Familiengeschichten wollen mehr darüber wissen. Mutters Mutter behauptete, Vater sei von Mutters Familie gar nicht wegen seiner Abstammung abgelehnt worden. Dafür hätte es andere Gründe gegeben. Vater soll Mutter gedemütigt haben. Und Mutter soll diese Demütigung akzeptiert haben. Und die Familie hätte diese Demütigung, aber auch dieses Akzeptieren nie annehmen wollen. Und deswegen sei Vater mitsamt Mutter ausgeschlossen worden. Bis Mutter mehr Verstand im Kopfe kriege. Mehr Stolz und Würde. Und das hätte alles mit diesem verdammten dünnen Häutchen zu tun gehabt. Das Vater von einem Arzt bestätigt haben wollte. Und Mutter ließ das über sich ergehen. Ließ es sich bestätigen. Aber Vater hat nie so richtig daran geglaubt. Denn Ärzte waren ja auch Männer. Und dazu noch aus gut bürgerlichen Familien. Und er war doch nur ein armer Junge vom Lande. *Corb la corb nu scoate ochii*. Hätte er gesagt. Er hat ihr nie richtig geglaubt. Obwohl Mutter immer behauptet hat, sie hätte mit gehobenem Haupt jederzeit vor je dem stehen können. Sie wäre noch unberührt gewesen. Damals. Und all die Versuche und Fallen, die Vater ihr stellte, hatte sie unberührt überstanden.

Das Einzige, was ein Mädchen besitzt, ist seine Unschuld. Sagte sie. Die Genossin. Meine Mutter.

Das hatte ich mir immer wieder anhören müssen. Mit der Unschuld und so. Meine Augen brannten. Im Hals tat es weh. Mein Gesicht fing Feuer. Der ganze Körper. Am liebsten hätte ich ihr den Riemen gebracht. Ich fühlte mich schuldig. Für sie.

Mutter wollte mir eine Art Stolz beibringen, den ich hasste.

Du hast das Blut deines Vaters. Sagte sie immer wieder. Und das Blut deines Großvaters. Und wer weiß, was noch. Aber ich hatte es satt zuzuhören. Vater sagte. Nichts taugst du. Nichts wird jemals aus dir. Und niemand wird dich heiraten.

Ich will auch nicht heiraten. Meinte ich in meiner Teenagerzeit. Dann. Sagte Vater. Na dann. Sagte auch Mutter.

Dann wirst du eine Hure.

Huren hat es immer in unserer Familie gegeben. Nach Vaters Ansicht.

Nach Vaters Ansicht sind Frauen Huren. Mit kleinen Ausnahmen. Mutter und Schwester. Wie bei Napoleon. Aber vergessen sollte man nicht, dass die Ausnahmen auch Frauen sind.

Viel schlimmere Sprüche kenne ich. Die das Papier nicht ertragen kann. Und all das zu Ehren der Frau.

Mutter schämte sich, eine Frau zu sein. Mutter schämte sich für mich, als sie bei mir die ersten Haare entdeckte. Ich schlief und weiß gar nicht, wie sie dazu gekommen war, das zu entdecken. Als ich aus dem Schlaf erwachte, sah ich die beiden. Über mich gebeugt. Vater und Mutter. Sie guckten mich sorgfältig an. Ich beschloss, nicht aufzuwachen.

Am nächsten Tag brachte mich Mutter zum Frauenarzt. Ich musste mich ausziehen. Ich musste mich auf den Untersuchungstisch legen. Ich musste die Beine auseinanderschlagen. Ich musste in Gegenwart meiner Mutter einen fremden Mann mich ansehen lassen. Es ist etwas Normales. Wurde Mutter gesagt. Es ist alles in Ordnung. Es ist das Alter.

Ob es derselbe Arzt gewesen ist. Ich könnte Vater fragen.

XII

Zwischen Vater und Mutters Mutter war es nie zu mehr als zu einem Waffenstillstand gekommen. Und das auch nur meinetwegen. Großmutter wollte nicht auf mich verzichten. Wir sahen uns vielleicht einmal im Jahr.

Huren hat es in unserer Familie immer gegeben, fand meine Mutter. Großmutter hatte sich von ihrem Mann getrennt. Er soll mein Großvater gewesen sein. Aber nichts ist sicher. Denn nach dem Tod meiner Mutter und später, nach dem Tod von Mutters Mutter, wusste die Familiengeschichte wiederum anderes zu erzählen.

Großmutter sagte mir immer. Du solltest nie heiraten. Nur, wenn du jemanden liebst. Über alles liebst. Großmutter musste heiraten. Sie war die älteste von drei Töchtern. Damit die Jüngeren heiraten konnten, habe ich zuerst heiraten müssen. Sagte sie. Deinen Großvater. Ich habe ihn nie geliebt. Die jüngste Schwester dagegen hat nie geheiratet. Von ihr hieß es, sie sei eine alte Jungfrau. Und zugleich eine Hure. Blind und uralt und glücklich ist sie gestorben. Tante Amalia.

Großmutter hat sich scheiden lassen. Und hat ihre Töchter allein aufgezogen. Mithilfe der Familie und ihrer kleinen Fabrik. Großmutter war also Fabrikantin. Gehörte zu den Ausbeutern. Großmutter hat das Beste für ihre Töchter getan. Sie hat sich scheiden lassen.

In unserer Familie haben sich alle Frauen auf die eine oder andere Weise von den Männern getrennt. Ihre Kinder allein großgezogen. Außer Mutter. In ihrer Familie hatten die Frauen das Sagen. Und manchmal war das genauso grausam.

Großmutter war ein Stein. Und musste aus dem Haus. Der Stein musste ins Rollen gebracht werden. So meinte Urgroßmutter. Und mit ihr all die Mütter und Väter drum herum. Urgroßmutter selbst war auch ins Rollen gebracht worden. Von ihrem Vater und ihrer Mutter. Daraus ergaben sich drei Mädchen. Drei Steine. Und mit den Steinen ist es immer schwer. Bis man sie bewegt. Los wird. Urgroßvater aber war auch ein Stein. Ein freiwillig rollender. Irgendwann rollte er zu weit. Und fand den Weg zurück nicht mehr. Urgroßmutter verteilte ihre Steine bei den Verwandten und Bekannten. Fuhr nach Wien und lernte Hebamme. Wollte Ärztin werden.

Urgroßmutter war noch Hebamme, als ich klein war und sie weit über achtzig. Sie hatte immer noch das Sagen im Haus. Tante Amalia musste immer wieder gegen sie rebellieren.

Tante Amalia rebellierte. Großmutter ließ sich scheiden. Und die andere Schwester wählte den Krebs. Urgroßmutter begrub ihr eigenes Kind und half, neue zur Welt zu bringen. Ganze Generationen im Maroschtal sind in ihrem Haus geboren. Und Frauenleiden hat sie geheilt. Denn es gab keinen Frauenarzt weit und breit. Sie war eine geborene

Lang. Mal hieß sie Lang. Mal Lung. Mal Katharina. Mal Ecaterina. Mal Kathalin. Je nachdem, wie die politischen Verhältnisse es wollten. Magyarisiert, rumänisiert oder kakanisiert. Urgroßmutter aber hat die Kommunisten verpönt und bis zu ihrem Tode dem Kaiser die Treue gehalten. Sie kochte wienerisch und sprach auch so.

Aber Urgroßmutter konnte keiner etwas anhaben. Alle am Maroschtal entlang waren ihre Kinder.

Es hätte alles natürlich auch schiefgehen können. Denn nicht alle Kommunisten in unserer Stadt kamen aus der Gegend. Und waren ihre Kinder. Einmal, als Mutter im Krankenhaus lag, wurde ich für ein paar Tage zu ihr verfrachtet. Sie saß damals schon meistens im Sessel. Neben dem Kachelofen.

Und spuckte laufend in eine Schachtel mit Sägemehl. Ein Parteifunktionär kam eines Tages zu ihr und wollte sie für die Partei gewinnen. Urgroßmutter stand auf mit all ihren achtzig Jahren, nahm die Bettpfanne, die sie sonst den kranken Frauen unterschob, und rannte ihm hinterher. Zuschlagen wollte sie. Der kleine Parteifunktionär ergriff die Flucht und kam nie mehr wieder. Das war zu einer Zeit, als der Kommunismus noch menschliche Züge hatte. Als man noch Respekt vor Müttern und Alten hatte. Und vor dem sprießenden Leben.

Bevor ich Rumänien verlassen habe, wurde mir ein neuer Blick in die Familiengeschichte aufgezwungen. Er verriet etwas über Großmutter. Etwas, was Mutter nie wissen sollte. Nie wissen wollte. Vergessen hatte, wenn sie es jemals gewusst hat. Dass Großmutter ihren Mann nie geliebt hatte, war für niemanden in der Familie ein Geheimnis. Großmutter glaubte an Liebe und hatte es auch ihren Töchtern beigebracht. Ich hatte mich immer schon gefragt, ob Großmutter die Liebe kennengelernt hat. Sie war verrunzelt und zierlich, als ich sie kennenlernte. Ihre Schönheit hatte sich verändert. Sie sprach mit mir über Liebe wie über etwas Verlorenes. Etwas, das man aber immer wieder suchen sollte. Etwas, das dem Leben einen Sinn gäbe. Mutter hätte mich am liebsten verheiratet, damit mir nichts zustößt. Und dieses Nichts hieß immer nur das eine. Vaters Meinung war nicht weit da von entfernt.

Großmutter sagte immer. Heirate nicht. Nur wenn du ihn unsagbar liebst. Wenn ich mit der Klasse wegfahren wollte oder ins Ferienlager oder wenn ich ins Kino gehen wollte, sagte Mutter immer. Warte. Eines Tages wirst du heiraten. Und dann erlebst du das alles mit deinem Mann.

Warten, das war ihr Wort. Warten. Durch das Warten würde sich die zukünftige Freude nur vermehren. Mutter hat immer gewartet. Verzichtet und gewartet. Irgendwann meinte Mutter, sie wäre zu alt, um noch zu warten. Sie hat sich nur noch auf das Verzichten konzentriert. Sie wollte mir das Verzichten beibringen. Bevor es so weit käme, dass ich mit dem Warten aufhören würde. Aber Großmutter sagte immer, das Leben hätte keinen Sinn. Oder nur Sinn, wenn. Sie sagte, Liebe sei erstrebenswert. Und erreichbar. Und sie verstand nicht, warum Mutter nicht die Liebe für sich gewählt hatte.

Über Liebe wurde mit uns PCR-Kindern nie gesprochen. Dieses Wort kenne ich nur aus Büchern. Und von Großmutter. Mutter hat es auch nie verwendet. Nicht in meinem Beisein. Obwohl ich weiß, dass sie mich geliebt hat. Vater sprach auch nie von Liebe. Wenn es um Mutter ging, dann sagte er, sie wären füreinander bestimmt gewesen. Ich wusste nur nicht, in welcher Hinsicht.

Man hat mit uns Kindern nie über Liebe gesprochen. Sondern nur über Pflichten und darüber, dass man sich nützlich machen muss. Man machte sich nützlich, indem man liebte. Was für eine Verwirrung. Irgendwie war es doch anders. Es ging nicht um die eigene Liebe. Und ihre selbstsüchtige Erfüllung. Es ging um die anderen. Es ging um das Etwas-geben-können. Man selbst kam dabei gar nicht vor. Vielleicht war das ja jenes Sichaufopfern, von dem meine Eltern und ihresgleichen immer sprachen.

Das Wort Liebe gab es nicht. Wir kannten es trotzdem. Durch seine Abwesenheit. Durch die Sehnsucht, die wir empfanden. Der wir keinen Namen zu geben wussten. Es war Großmutter mit ihrem Café au Lait und ihren dicken Romanen. Es war die Zeit, in der Großmutter nicht da war. Es war die Zeit, wo ich *Les Trois Musquetaires* gelesen habe, die mir eine Vorahnung davon verschafften. Eine Vorahnung von etwas, das nicht da war. Ich las über die Musketiere, und abends, wenn ich nicht schlafen konnte, stellte ich mir vor, sie wären alle bei mir. Ich konnte oft nicht schlafen. Ich war vielleicht neun.

Die Musketiere verweilten in meinem Bett. Sie umschlangen mich. Sie hatten keine Gesichter und keine Geschlechter. Sie hatten nur Arme. Ganz viele Arme. Ich brauchte sie alle. Ich konnte auf keinen Musketier verzichten.

Natürlich las ich auch Ostrowskis Romane. *Wie der Stahl gehärtet wurde.* Ich kann mich an keine Kinderbücher erinnern. So wurde der Stahl gehärtet. Meine revolutionär-heroische Ader erwachte. Ich lernte weiter, zu verzichten. Zu leiden mit erhobenem Haupt. Stolz auf mich zu sein, dass ich leiden kann.

Dass ich alles ertragen kann.

Großmutter wusste keine Antwort darauf. Warum Mutter nicht die Liebe für sich gewählt hatte. Das war Großmutters Vorwurf. Immer. Solange Mutter lebte. Und danach, solange Großmutter selbst lebte.

Als Vater Mutter heiratete. Genauso. Denn trotz der freien Liebe und der Gleichberechtigung, die die Genossin Kolontai damals propagierte, war von Gleichberechtigung nicht viel zu spüren. Als Vater Mutter heiratete, war sie Jungfrau. Mit ärztlichem Attest. Vater wollte es so. Damals konnte er noch nicht mit Gabel und Messer umgehen. Dafür konnte er lesen und schreiben und hatte die erste Parteischule hinter sich. Das verlieh ihm Gewicht. Machte ihn zu einer begehrten Partie. Denn welches Mädchen hätte nicht gern einen Mann von heute geheiratet. Besonders, wenn es dadurch der Deportation entging. Wenn er beim Essen auch noch so viel schmatzte.

Vater kam aus einem finsteren Dorf in den Bergen. Wie Mutters Familie fand. Mutter dagegen war gut erzogen. Sie besuchte nach dem Gymnasium eine Fachhochschule für Handel und kannte sich mit Buchhaltung gut aus. Sie lernte einen Beruf, auf den sogar die Partei Wert legte.

Bauern, Arbeiter und Intellektuelle sollten sich verbrüdern. Verbrüdern, vermählen und vermehren. Die Klassen sollten sich vermischen. Es sollten Interessengemeinschaften entstehen. Alle sollten am gleichen Strang ziehen. Und obwohl man kein Vertrauen in die Intellektuellen hatte, wusste man, dass der Kommunismus nicht nur mit Analphabeten aufzubauen ist. Das waren die neuen Gebote. Und Mutters Ehre war noch zu retten, wenn Großmutter ihre Fabrik an den Staat übergeben würde. Denn verlieren würde sie sie auf jeden Fall, meinte Vater, und so laufe sie Gefahr, noch deportiert zu werden.

Zum Glück war Großvater, oder der, den man für meinen Großvater hielt, gestorben. Und Großmutter galt, trotz Scheidung, als Witwe und Alleinerziehende. Und damit allein verantwortlich für die Ernährung ihrer Töchter.

Vaters Heiratsantrag wurde von der Partei unterstützt. Er und Mutter seien füreinander bestimmt gewesen. Wurde mir gesagt. Vater hatte geglaubt, sie sei die Richtige.

Auch Mutter war in der Partei und war bereit, sich aufzuopfern. Nur nicht, ihre mütterlichen Instinkte zu unter drücken. So kriegte sie mich.

Vater hat uns nicht im Krankenhaus besucht. Er vertiefte sich in seine Arbeit als Propagandist. War ständig auf Dienstreise. Die Kollektivierung war in vollem Gange. Er sah mich erst, nachdem er von der Partei zur Rechenschaft gezogen worden war. Um die Parteimoral und die Basiszelle B zu retten, kehrte Vater in das Ehebett zurück.

Großmutter wusste keine Antwort auf die Frage. Warum Mutter sich nicht für die Liebe entschieden hatte. Großmutter nicht und niemand in der Familie. All die verheirateten und nicht verheirateten Tanten. Denn Mutter war geliebt worden. Unsagbar geliebt worden. Von einem jungen Mann. Den Mutter auch sehr geliebt hat. Und er ist am Kummer zerbrochen. Und Mutter sagte, er wäre ein Säufer geworden. Und am Suff gestorben. Und Mutter sagte, er wäre reicher gewesen als sie selbst. Und Mutter sagte, er wäre gebildeter gewesen als sie selbst. Und Mutter sagte. Und Mutter wollte nicht, dass sie an ihn erinnert wird. Verfluchte diese Anmaßungen der Familie. Sie verfluchte die Familie. Sie meinte, dass die sich nicht einzumischen hätten. Und mir keine Geschichten erzählen sollten. Und sie meinte, das wäre keine Familie. Und sie brauche sie nicht.

Ab und zu brauchte Mutter die Familie doch. Nur traute sie sich nicht, es zu sagen. Mutter brauchte auch ab und zu Liebe. Von mir bekam sie sie nicht. Vater war immer seltener zu Hause. Er richtete es sich so ein, dass er in der größeren Stadt arbeitete. In einer höheren Position. Mutter sah ihn nur einmal in der Woche. Vielleicht. Und wenn es die sogenannte

Kampagne gab, dann sah sie ihn überhaupt nicht. Für eine unbestimmte Zeit. Vater richtete es sich so ein, dass er immer öfter und immer länger gebraucht wurde. Und immer weiter entfernt von zu Hause. Es gab politische Kampagnen und solche, die von den Jahreszeiten abhingen. Die *Campania agricolă*. Die gab es jedes Jahr ein paarmal. Und sie musste auch noch im Voraus organisiert werden. Wenn sie lief, durfte man den Ort gar nicht mehr verlassen. Wenn alles gut ging nicht. Und erst recht nicht, wenn etwas schiefgelaufen war. Und wenn die Kampagne zu Ende war, musste man mit den Leuten feiern. Ihnen gratulieren. Sie ermutigen für den nächsten Schritt. Und manchmal sogar eine Auszeichnung vergeben. Sie eben motivieren.

Als Mutter dann auch beruflich in der Stadt zu tun hatte, zog Vater aufs Land. Und dann in eine andere Stadt. Er wurde schließlich ernannt. Zum Bürgermeister. Es war eine Pflicht. Ein Befehl. Wie in der Armee. Und über Befehle diskutiert man bekanntlich nicht. Befehle sind da, um befolgt zu werden. Vater war ein guter Soldat.

Vater kam nach Hause, um seine Wäsche waschen zu lassen. Um mal etwas Anständiges zu essen. Vielleicht hatte er auch andere Gründe. Die blieben mir aber verborgen.

Eine Zeit lang habe ich immer auf Vater gewartet. Ich versteckte mich gern unterm Flügel und spielte dort. Ich weiß nicht mehr, woraus dieses Spiel bestand. Außer aus Warten. Ab und zu hatte Mutter das Warten satt und fing an, mich zu suchen. Sie hatte Tränen in den Augen. Nein. Sie hatte nur noch die Spuren der Tränen. Mutter hätte mir nie ihre Schwächen gezeigt. Deswegen tat ich so, als würde ich die Tränen nicht sehen. Und blieb weiter unter dem Klavier.

Einmal entdeckte sie mich da und fragte. Hast du Sehnsucht. Nein, sagte ich. Nicht mehr. Das war das einzige Mal, dass Mutter mit mir darüber gesprochen hat.

Meistens endete alles mit Wutausbrüchen und Schlägen. Ich wusste oft nicht, wofür ich etwas abbekam. Ich wusste nur. Es schwebt etwas in der Luft. Und ich darf wieder mal keine Fehler machen. Und dann passierte es.

Mutter konnte es nicht ertragen, wenn ich mich verspätete. Keine fünf Minuten Verspätung duldete sie. Sie bekam panische Angst. Geh zurück, woher du kommst. Lass dich nicht mehr bei mir blicken. Ich musste gehen. Und draußen im Treppenhaus warten. Ich wusste nicht, ob mich Mutter jemals wiedersehen will. Ich saß auf der Treppe und weinte. Später weinte ich nicht mehr.

Einmal kam Vater und holte mich in die Wohnung. Er behauptete, Mutter würde schlafen. Ich hatte Angst hereinzukommen.

Ich wusste nicht, ob Mutter jemals meinen Fehler verzeihen würde. Und ob das, was ich getan hatte, wiedergutzumachen ist.

Draußen im Treppenhaus war es kalt. Und dunkel. Ich wusste nicht, ob ich jemals nach Hause darf. Ab und zu ging ein Nachbar an mir vorbei. Fragte mich etwas. Ich schwieg. Man soll sich nie über seine eigene

Familie beklagen. Man soll nie etwas Schlechtes über seine Eltern erzählen. Sie wollen doch immer nur das Beste.

Ein Nachbar ging an mir vorbei. Ich schwieg. Er zuckte die Achseln. Ging weiter.

Ich habe mich mein Leben lang verspätet. Ich kann nie pünktlich sein. Trotz all meiner Bemühungen komme ich entweder zu früh oder zu spät.

Einmal habe ich mich eine ganze Stunde verspätet. Ich war bei meiner Englischlehrerin zu Besuch. Erika war kaum älter als ich. Wir haben uns sofort befreundet. Es war ihr erstes Unterrichtsjahr. Wir hatten uns viel zu erzählen. Meistens aber erzählte ich. Ich las ihr meine Gedichte vor. Meine Erzählungen. Es war die Zeit vor dem Abitur. Die Straßenbahn kam zu spät. Es war an einem Winternachmittag. Um fünf war es dunkel. Mutter wartete nicht auf mein Klingeln. Sie öffnete die Tür. Sie schlug mit aller Wucht zu. Eine Lawine von Ohrfeigen überkam mich. Mutter schrie mich an. Ihre Worte. Im PCR-Block wussten nun alle, dass sie es mit einer Hure zu tun hatten.

Mutter war viel allein. Mit zehn ging ich ins Internat. Kam dreimal im Jahr nach Hause. Im Winter, im Frühling und in den Sommerferien. Und es war gut so. Vater war immer länger auf *Campanie*. Er kam nur nach Hause, wenn er frische Wäsche brauchte. Auf dem Weg durch die Stadt wurde er immer wieder aufgehalten. Ständig wollte sich irgendjemand bei ihm bedanken. So war Vater viel unterwegs. Verspätete sich immer.

Wenn Vater nach Hause kam, war er müde. Manchmal ertrug Mutter sein Spätkommen nicht mehr. Sein Nichtdasein. Und sein Nicht-da-sein-wenn-er-da-war. Mutter wartete wochenlang. Und wenn er kam, war er nicht da. Mutter wusch die Wäsche, kochte den ganzen Sonntag. Für die nächsten Tage. Putzte und bügelte. Weckte Gemüse und Obst für den Winter ein. Arbeitete an meiner Ausstattung. Las. Erledigte Büroarbeiten, die sie mit nach Hause genommen hatte. Bereitete Vater alles für die nächsten Wochen vor. Selten setzte sie sich hin und sah fern.

Vater hatte auch immer zu tun. Meistens las er. Zeitungen und Parteibroschüren. Unterstrich mit dem Bleistift wichtige Dinge und notierte sie in einem Heft. Oder bereitete irgendwelche Materialien vor. Wann denn sonst, wenn nicht am Wochenende. Zu Hause. In einer ruhigen Umgebung. Arbeit ist Arbeit. Mutter musste das verstehen. Er könne nicht einfach seine Pflichten fallen lassen, so gern er es möchte. So gern er mit seiner Familie zusammen die Zeit verbringen möchte. Er schimpfte auf die Arbeit, die ihn zwang, auf alles zu verzichten. Aber Kommunisten müssen ein Beispiel sein. Und so musste Mutter auch verzichten. Sie könnten es sich einfach nicht leisten, ihren eigenen Wünschen nachzugeben. Die Zeit wäre dafür noch nicht reif.

Ab und zu war die Zeit reif für Mutters Wutausbrüche. Sie fing an zu fluchen. Vater der Unzucht zu beschuldigen und der Hurerei. Sie schlug die Türen, schmiss mit Gegenständen. Zerschlug Geschirr.

Zerriss wichtiges Propagandamaterial. Haufen von Broschüren, Zeitungen und Zeitschriften lagen herum. Vater hob sie auf. Versuchte, sie zusammen zulegen. Damit man noch etwas davon lesen konnte. Vater musste sich wehren. Am besten ruhig bleiben. Und zusehen, dass ihn nichts erwischt. Hauptsache, den Kopf schützen.

Sei friedlich, Weib. Pflegte er in solchen Situationen zu sagen. Das brachte Mutter in Rage. Ich wusste. Ich würde die Nächste sein.

Mutter hatte ein böses Mundwerk. Nicht einmal die Partei konnte sie zurückhalten. Sie war schonungslos den anderen und sich selbst gegenüber. Ihre Ausdrucksweise war respektlos und fast pornografisch. Hast du ein schmutziges Mundwerk, Weib, pflegte Vater ihr zu sagen. Mutter aber meinte, sie würde Wahrheiten aussprechen. Und das ist alles.

Dein Vater ist ein Frauenheld, sagte sie. Und Vater war beleidigt. Ein Frauenheld. Ein Frauenheld, schrie sie ihm hinterher.

Die Vertreter der Neuen Ära, die PCR-Väter im Hause, nannte sie Säufer. Hurensöhne und Schürzenjäger. Mensch, Weib. Genossin. Was wagst du über den Vice zu sagen. Und über den Prim. Den gefürchteten Prim. Über den Ersten Vorsitzenden der Partei im Bezirk. Den Größten. Unser Vorbild. Scheiß drauf, sagte Mutter. Vater war entsetzt. So eine gebildete Frau. Aus gutem Hause. Und Genossin obendrein. Scheiß drauf. Sagte Mutter. Sie war bekannt für ihre Kopfschmerzen, ihre Strenge, ihre Arbeitsamkeit und ihr schonungsloses Mundwerk. Man hatte es ihr aber verziehen. Sie schlief nicht mit den Prims und Vices. Und machte keine spektakuläre Karriere.

Vater verzieh ihr auch. Denn es gab kaum Dinge, die er ihr hätte verzeihen müssen. Sie war eine zuverlässige Genossin. Und eine tüchtige Parteifunktionärin. Sie war ein lebendiges Beispiel für die kommunistischen Frauen. Die Partei hatte einen treuen Vertreter in ihrer Person. Vaters Ansehen konnte wachsen. Seine Karriere wurde immer sicherer.

XIII

Mutter hatte den Neuen Mann der Neuen Ära geheiratet. Vater war nie da.

Mutter hatte täglich Kopfschmerzen. Unerträgliche Schmerzen. Die machten sie gereizt und ungeduldig. Sie nahm täglich eine Handvoll Schmerztabletten ein. Wenn die Tabletten alle waren, klopfte sie bei den Nachbarn. Sammelte im ganzen Haus die Tabletten ein.

Mutters Schmerzen waren eine Übung. Mutter war viel allein. Und übte sich im Aushalten. Ertragen. Beherrschen und Überwinden ihrer Empfindungen. Es gelang ihr nicht immer. In solchen Fällen war ich dran.

Wann hat Mutter getanzt. Und wann war Mutter glücklich. Mutter weinte nicht, wenn sie Kopfschmerzen hatte. Und die hatte sie fast immer. Vater war nie da. Und ich auch nicht.

Ich konnte Mutter nicht helfen.

Wann hat Mutter getanzt. Und wann war sie glücklich. Ich möchte es so gern wissen.

Und wann hat Mutter geliebt.

Ertragen. Beherrschen. Überwinden.

Ich sitze in meinem Zimmer. Mutter liegt im Bett mit einem in Kampfer getränkten Tuch auf der Stirn. Und über den Augen. Wenn Mutter im Bett liegt, darf es nicht dunkel sein. Wir ziehen nie die Gardinen zu. Im Grab wird es dunkel genug sein. Jetzt will ich Licht. Mutter sprach nicht über Gott, und das heilige Licht konnte Mutter nicht erreichen.

Mutter ist allein. Mutter ist ein einsames, verwundetes Wesen.

Ich sitze in meinem Zimmer und spüre ihren Schmerz. Ich spüre die Mulden in ihrem Schädel. Die tiefen Spuren, die der Schmerz in den Knochen hinterlassen hat. Manchmal massiere ich Mutters Kopf. Dann versenken sich meine Finger in den Mulden. Sie sind wie für meine Finger geschaffen. Ich kann die Finger nicht bewegen. Sie sind erstarrt in den Mulden. Erstarrt und schmerzend.

Manchmal massiere ich Mutters Beine. Mutter hat Schmerzen in den Beinen. Weil alles, was in ihrem Kopf ist, auf den Beinen lastet. Ich drücke mit meiner ganzen Kraft und massiere ihre Fußsohlen. Wo es ihr besonders weh tut.

Manchmal massiere ich Mutters Rücken. Sie hat immer Schulter- und Rückenschmerzen. Denn alles, was in ihrem Kopf ist, lastet auf den Schultern.

Ich kann Mutter den Schmerz nicht abnehmen. Er haftet an ihr. Krallt sich an ihr fest. Mutter krallt sich an den Schmerz. Und beide versuchen zusammenzuleben.

Manchmal bedrückt mich Mutters Schmerz. Manchmal langweilt er mich. Kann ich ihn nicht mehr ertragen. Gehe in mein Zimmer. Mutter streichelt nie. Ich kann ihr den Schmerz nicht abnehmen.

Ertragen. Beherrschen. Überwinden. Ich sollte es auch lernen.

Meinen Schlaf sollte ich beherrschen. In einer beherrschten, in einer ästhetischen Position schlafen.

Lass dich nicht gehen. Kontrolliere dich jederzeit. Entspanne keine Minute. Du sollst nicht gähnen, wenn ich mit dir spreche.

Unterdrücken. Beherrschen. Überwinden. Und alles ertragen.

Ertragen. Unterdrücken. Beherrschen. Überwinden.

Ich sollte es auch lernen. Denn nur, wenn man das kann. Nur dann ist man ein ganzer Mensch.

Mutter konnte nicht streicheln.

Ob man dann ein ganzer Mensch sein kann.

Wenn Mutter mich streicheln wollte, verpasste sie mir einen Klaps auf den Hintern. Was, das Fräulein ist beleidigt, sagte sie. Beleidigt durfte ich auf keinen Fall sein. Mutter steigerte sich in ihre Stimmung, bis aus dem Klaps eine ordentliche Prügel wurde. Ich sprach kein Wort. Ich weinte nicht. Es war nicht gut zu weinen. Das hatte ich schon früh gelernt. Das ergab noch mehr Prügel. Damit man einen Grund zum Heulen hatte. Aber dann sagte Mutter. Du weinst ja nicht mal. Warte nur, du stures, hartnäckiges, freches Ding!

Mutters Launen musste ich ertragen. Denn Mutter meinte es gut.

XIV

Ich wusste schon sehr früh, was Männer von Frauen wollen. Mutter hatte es mir erklärt. Ich aber wollte es vergessen. Und tat so, als hätte ich keine Ahnung davon. Sage bloß nie jemandem, wie wichtig er dir ist. Meinte sie. Und liebe nicht. Nur dann bist du geschützt.

Mutter hatte mich schützen wollen. Mit aller Gewalt. Großmutter sagte. Nur wenn du unsagbar liebst.

Vater sagte nichts.

Ein Karussell. Der eine versucht, den anderen einzufangen. Das ist es. Mehr nicht. Mutter sagte nie Liebe. So ein Wort wurde ausgelassen. So ein Wort. Es brannte im Inneren des Satzes, kam aber nicht zum Vorschein. Nur die Wunden, die es verursachte. Der Brand. Und die Asche.

Die Kinder des PCR-Blocks spielten Völkerball. Să vină, să vină. Italia … Dann wurde der Ball geworfen. Das Aufregendste dabei waren die Küsse. Ich guckte vom Fenster aus den anderen zu. Ich durfte nie mitspielen.

Du brauchst das nicht. Du bist anders. Das ist ein leichtsinniges Spiel, sagte Vater.

Mutter sagte: Du weißt noch gar nicht, was gut ist für dich.

Vater hat recht. So was brauchst du nicht. Du bist anders. Mutter brauchte Vater.

Vater brauchte frische Wäsche.

Ein Karussell. Der eine versucht, dem anderen zu entfliehen. Und weiter nichts.

Immer wusste Mutter besser, was für mich gut ist. Als alle Welt Miniröcke trug, waren meine Röcke knöchellang. Mutter zog mir Miniröcke an, als die Mode schon längst vorbei war.

Im Internat trugen wir immer unsere Schuluniformen. Das ist gut so, sagte Mutter. Wir trugen eine Nummer auf dem Arm und ein weißes Band um den Kopf, damit die Haare richtig nach hinten gerichtet blieben. Und man unsere wunderschöne, helle und unschuldige Stirn sehen konnte. Die Haare mussten kurz oder gebunden sein. Mutter wählte für mich die Frisur eines gerupften Huhns. Ich durfte nicht widersprechen. Jung zu sein war eine Schande. Kokett zu sein war das größte Verbrechen.

Wir trugen eine Nummer auf dem Arm, damit man uns jederzeit hätte identifizieren können. Wenn wir uns irgendwo falsch benahmen, konnte man uns in der Schule anzeigen. Das galt auch für die Kinder, die nicht im Internat lebten. Sie durften aber nach der Schule ihre Uniformen ablegen. Sich den Rest des Tages in Zivilkleidung zeigen. Sie mussten auch kein weißes Band tragen. Die Nummer auf dem Arm aber war Pflicht.

Schüler konnte jeder anzeigen. Der kleinste Grund dafür reichte aus. Einen Lehrer auf der Straße nicht gegrüßt zu haben bedeutete *Vot de blam*. Hand in Hand spazierenzugehen hieß Exmatrikulation.

Uns Internatsmädchen konnte so etwas nicht passieren. Das ist gut so, meinte Mutter. Wir trugen

Rebellion mit 17

unsere Uniformen und durften nicht aus dem Fenster gucken. Unsere Klassenkameraden beim Fußball anfeuern. Ein ganzes Trimester lang durften wir das Internat nicht verlassen.

Mit siebzehn ließ ich mir von Mutter nicht mehr die Haare schneiden, weigerte mich, die Kleider anzuziehen, die sie für mich aussuchte. Ich trug die Schuluniform weiter, wohl wissend, dass es der absolute Ausdruck der Hässlichkeit war. Das Absolute daran reizte mich. Ich fühlte mich rundum und vollkommen hässlich.

Wenn ich nach Hause kam, lag Mutter im Bett mit Kopfschmerzen. Vater war Bürgermeister in einer anderen Stadt. Mit siebzehn war die Welt ein dramatisch-trauriger Ort. Schlamm drohte mich zu ersticken. Ich schrieb eine Erzählung darüber. Mutter, die alles wissen wollte. Um alles Schlimme zu verhindern. Die besser wusste, was gut für mich ist. Und mich schützen wollte. Mutter, vor der man keine Geheimnisse haben durfte. Mutter fand diese Erzählung. Schlamm. Du wälzt dich im Schlamm. Wie tief bist du gesunken?

Die Prügel ließ nicht auf sich warten. Huren hat es immer in unserer Familie gegeben. Das war Mutters Obsession. Das Wunderkind im Schlamm.

Mutter durchsuchte regelmäßig mein Zimmer. Meine Kleidung. Meine Hefte. Meine Taschen. Mutter kam ins Bad, um sich zu vergewissern, dass alles in Ordnung ist. Irgendwann war ich nicht mehr zu retten.

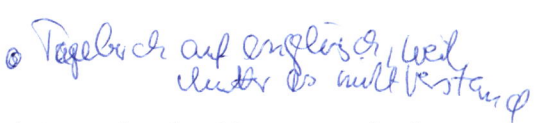

> Tagebuch auf englisch, weil Mutter es nicht versteht

Mutter wurde immer kränker. Vater war noch seltener zu Hause. Ich schrieb mein Tagebuch auf Englisch. Endlich eine Sprache, die Mutter nicht verstand.

Mutter wurde immer kränker. Nicht nur meinetwegen. Ich saß in meinem Zimmer. Wälzte mich im Schlamm und spürte Mutters Kopfschmerzen. Wie sie mich angriffen. Mutter weinte insgeheim. Die Mulden in ihrem Schädel. Die verkrümmten Finger. Ich konnte nichts für Mutter tun. Ich fragte sie. Warum.

Ertragen.
Unterdrücken.
Beherrschen.
Überwinden.
Warum. Fragte ich Mutter.

Du weißt nicht, was gut ist.

Die Familie ist die Basiszelle der Gesellschaft. Wir dürfen sie nicht selbstsüchtig zerstören. Und diese Verantwortung hat Großmutter nie gehabt. Die war meinen Vorvätern nie bewusst geworden. Die übte Mutter. Die sollte ich lernen. Und weitergeben.

Du sollst nicht ohne Vater aufwachsen, sagte Mutter noch. Du weißt nicht, was das bedeutet.

Warum. Fragte ich Mutter. Ich fragte sie, wo der Vater sei, den ich hätte. Den sie für mich aufbewahre. Und was denn wäre, wenn er nicht mehr da sei, wo er sowieso nie da ist.

Du weißt nicht, was gut ist. Sagte Mutter.

Streit war der normale Zustand in unserer Familie.

Mutter war ein verschlossenes Wesen. Ob sie sich jemals jemandem geöffnet hat. Vater bestimmt nicht. Mutter meinte, man darf sich nicht öffnen. Denn die anderen würden es nur ausnutzen. Mutter glaubte nicht an die ewige Güte. Hatte kein Vertrauen in Gott. Und kein Vertrauen in die Menschen. Freundschaft war überflüssig. Sie glaubte nicht an die Macht des Guten. Und nicht an die Macht der Freundschaft.

Mutter war ein einsames Wesen. Das nur an selbstauferlegte Pflichten. Nein. Ich weiß nicht, an was Mutter geglaubt hat. Ich kenne Mutter nicht.

Wer kennt seine Mutter.

Oft hab ich versucht, mir Mutter als junges Mädchen vorzustellen. Es ist mir nicht gelungen. Mutter mit ihren schwarzen Zöpfen. Mit der Gymnasialuniform, der Schirmmütze. Aber wo blieb Mutter in dieser verordneten Verkleidung. Ihr kleines verwundetes Lächeln. Ihre etwas schiefen Zähne. Die zauberhaften Grübchen in den Wangen. Wie viel davon war Mutter. Und niemand anderes sonst.

Mutter hatte keine Vorlieben. Man wusste nie, was man Mutter schenken soll. Wenn überhaupt jemand auf den Gedanken kam, ihr irgendetwas zu schenken. Blumen hat Mutter nur zu ihrem Begräbnis bekommen.

Wann hat Mutter getanzt. Und wann war sie glücklich. Vater hätte sich gern scheiden lassen. Aber die Partei erlaubte es nicht. Noch ganz andere Dinge hätte Vater machen wollen. Aber die Partei hielt ein Auge auf ihn und war anderer Meinung.

Vater opferte sich. Er opferte sich auf.

Irgendwann, als Vater noch jung war, wollte er Jura studieren. Aber die Partei meinte, er würde an Ort und Stelle gebraucht. Die Partei konnte es sich nicht leisten, dass wichtige Kader einfach ihren eigenen Interessen und Wünschen nachgingen. Sie brauchte gute Agitatoren. Vater opferte sich auch hier. Erfüllte die ihm zugeteilten Aufgaben.

Dann brauchte die Partei eines Tages junge Kader. Gebildete Menschen. Geschult und gut erzogen. Für Vater war es zu spät.

XV

Seit sieben Jahren haben wir uns nicht mehr gesehen. Mein Vater und ich. Mein Vater lebt in Rumänien. Ich anderswo. Sieben Jahre sind eine gute Zeit. Eine Zeit des Vergebens.

Ich war noch keine zehn damals.
    Ich saß eingewickelt in ein Schaffell auf einem Schlitten. Mein Vater zog mich durch die Kälte eines Winterabends. Durch das Glänzen und Knirschen des Schnees. Durch das gezähmte Licht, das emporsteigt, als würde der neue Tag von unten kommen.
    Mein Vater zog am Seil des Schlittens. Führte mich durch den im Schnee versunkenen Tag, aus dem die Schlittenkufen die letzten Lichtreste herauspressten. Ich im Schaffell eingemummelt. Prägte mir Vaters Ledermantel und seine Fellmütze ein. Die Mütze, wie eine Krone auf seinem Haupt. Eine kirgisische Astrachanmütze. Eine edelgraublau schimmernde.
    Glasblau seine Augen. Silbern sein Haar.
    Ich war noch lange nicht zehn. Wissend, dass Farben verblassen, Blumen verwelken und Menschen. Ja, Menschen … Ich hatte es in dem Film mit dem Grafen von Monte Christo gesehen. Nach der langen Zeit im Gefängnis. Die Haare. Die Falten. Die Veränderung. Die Erkenntnis, dass Menschen vergänglich sind. Das Schluchzen unter der Decke im Dunkeln.

Daran kann ich mich erinnern. Und dann mein Vater. Sein Rücken leicht gekrümmt von der Schwere des Schlittens. Es hatte mich erschreckt.

Ich war noch lange nicht zehn. Sah ihn, wie er den Schlitten hinter sich herzog. Wie er mich an sich zog. Ein Band, ein Seil zwischen uns. Er zog. Zwischen uns blieb immer die gleiche Entfernung.

Der Graf von Monte Christo kommt als junger Mann ins Gefängnis und verlässt es als ein alter Mann. Vater ging vor mir. Ich berührte den Rücken meines Vaters mit meiner Angst. Tippte an seine Schultern. In zehn Jahren. Ob in zehn Jahren diese Schultern. Ob sie noch Halt geben können. Diese Arme. Diese Kraft. Ob sie. Und wie lange noch.

Vater ging vor mir. Zog das Seil. Zwischen uns immer die gleiche Entfernung. Und ich auf dem Schlitten, ich, die ich mich sehnte nach seiner Nähe.

Vater am Bahnhof. Er trägt die schimmernde Astrachanmütze. Der Ledermantel, wie ein gut erhaltenes Gesicht, ist edel verrunzelt. Kein Schnee in dem langen Winter. Mein Vater packt meine Koffer. Hinter mir mein Sohn. Vater packt die Koffer, und wir gehen nach Hause. Nach Hause heißt zu meinem Vater.

Die rumänischen Winter sind lang und entschlossen. Sie bringen beißende Kälte und eisig-peitschende Winde. Vom Osten. Man fürchtet sich davor. Wie man sich vor vielem anderen fürchtet. Alles Schlimme kommt vom Osten. Sagt man in Rumänien. Und, damit meint man immer noch die Russen.

Von den Russen kommt auch viel Gutes, sagt mein Vater.

Er will und will nicht mit dieser einseitigen Sicht einverstanden sein.

Mein Vater ist vom neuen alten Schlag. Denn was ist schon neu und nicht gleichzeitig schon alt. In der nächsten Minute.

Mein Vater gehört der alten Generation an. Ich gehöre zur neuen alten. Und meine Kinder gehören der Zukunft.

Ich bin froh, dass mein Vater wenigstens ein Vorurteil nicht besitzt. Er ist nicht gegen die Russen. Er ist gegen Zigeuner und Juden. Gegen Ungarn und Kapitalisten und weiß Gott noch wen. Er ist nicht gegen Gott. Das hat er mir auf der kleinen Reise erklärt. Kurz nach unserer Ankunft. Er ist nicht mehr gegen Gott. Früher meinte er, es gäbe keinen Gott. Heutzutage meint Vater, es gäbe Platz genug in der Welt. Auch für Gott. Und er könnte damit leben, wenn es denn einen Gott gäbe.

Vater ist nicht gegen Gott. Aber er ist gegen Jesus. Denn der, meint Vater, ist einer so wie wir. Oder Marx. Aber viel schlauer. Er hat nur gepredigt. Und nicht einmal ein Werk hinterlassen.

Vater hat ein anderes Vorurteil. Nachdem er für sie, und dann gegen sie war, ist er jetzt für die Russen. Er wartet auf sie. Dass sie endlich wieder Ordnung ins Land, Ordnung in die Welt bringen.

Immer wieder hat man in Rumänien auf irgendjemanden gewartet.

Nicht alles Schlimme kommt von den Russen,

sagt mein Vater. Er will nicht mit dieser allgemein vertretenen Meinung einverstanden sein.

Mein Vater hat keine Laster, und das hat mir schon immer Angst gemacht. Er hatte eine unerbittliche Art, zu verlangen, exemplarisch zu sein. Ich sitze im Zug und denke an meinen Vater. Der Winter ist noch nicht vorbei. Ich habe Angst. Ich bin verspannt. Lass los, lass los. Egal wie viele Fehler. Lass los. Und schreibe so schnell wie nur möglich. Ich sitze im Zug. Ich fahre nach Rumänien. Kann nicht schreiben. Meine Hand ist verkrampft. Meine Hand schmerzt. Das Wort Rumänien brennt auf der Zunge. Das Wort Rumänien. Brennt. Meine Hand. Ich kann nicht schreiben. Ich bin. Ich bin. Was bin ich. Ich will. Ich will. In kürzester Zeit bin ich. Die Grenze. Die Grenze ist so nah. Mein Vater ist so nah. Vergeben. Versöhnen. Verzeihen. Vergeben, höre ich in meinem Kopf. Ich vergebe.

Ich vergebe mir selbst. Die ich wie mein Vater bin. Und nicht bin. Mein Kopf brummt. Ich vergebe mir. Ich bin glücklich. Fast immer schreibe ich »bin« mit zwei n. Immer wieder ertappe ich mich bei diesem Fehler. Ein Zeichen der Eitelkeit. Oder Selbstbehauptung.

Habar nam. Das kann sogar ein Deutscher verstehen. Oder sonstwer. Denn es ist überhaupt nicht verständlich. Auch für einen Rumänen nicht. *Habar nam* ist der wahre Ausdruck für nix verstehen. Nix kapieren. Man sollte es übernehmen.

XVI

Nach Hause heißt zu meinem Vater. Meine Mutter lebt seit Langem nicht mehr. Ich war schon immer ein Waisenkind.
Zuneigung, Zärtlichkeit und Wärme schwächen den Charakter.
Bedeuten schlechte Erziehung. Sind kleinbürgerlich.
Mit acht bekam ich eine Armbanduhr. Das ist der einzige Geburtstag, an den ich mich noch erinnere. Sonst war Geburtstag ein Tag wie jeder andere. Nur dass man etwas, was man sowieso brauchte, endlich bekam.

Ich bekam nie, was ich mir wünschte. Ein Einzelkind soll man nicht verwöhnen. Es nicht gefährden. In kleinbürgerliches, egoistisches Verhalten abrutschen lassen. Die Mädchen in unserem Haus hatten alle so schöne Puppenwagen. So einen hatte ich mir auch gewünscht.

Die Beziehungen Rumäniens mit China waren damals noch in Ordnung. Das konnte man an meinen Spielsachen ablesen. Ich besaß jede Menge mechanisches Spielzeug aus China, auf das meine Mutter so stolz war. Ich dachte aber mit sechs oder sieben noch nicht politisch, und ich wollte nichts wissen von Propaganda und guten Beziehungen zum kommunistischen China. Mir war ein Puppenwagen, wie Juliana ihn bekommen hatte, ein

Puppenwagen aus Deutschland, viel lieber, und ich wünschte ihn mir.

Meine Eltern erklärten übereinstimmend, dass man von mir mehr Verständnis erwarte als von anderen Kindern. Dass ich verzichten lernen müsse und nicht jeder Laune nachgeben dürfe. Mein eigener Herr sein. Mich beherrschen. Meine Stärke zeigen müsse. Denn wir seien die Neuen Menschen. Die Menschen eines Neuen Zeitalters. Stärker als die Natur. Wir, Kinder der Partei, hätten ein Beispiel für die anderen zu sein.

Ich weiß nicht, ob alle Kinder des PCR-Blocks diese Predigt zu hören bekamen. Aber irgendwann hatten alle Mädchen diese verdammten Puppenwagen. Diese kapitalistischen weißen Wagen. Diese zur Bequemlichkeit, zur Faulheit, zum Verderben einladenden Puppenwagen. Aber irgendwann bekam ich einen Buggy.

Einen Buggy. Einen grünen. So klotürgrün, dass ich mich dafür schämte. Ich hatte mich sowieso zu schämen, meinte mein Vater. Weil ich nicht verzichten konnte. Es wäre schlimm genug, dass Julianas Eltern Verwandte im Ausland hätten.

Ich weiß nicht, ob nicht schon damals der Untergang des Sozialismus beschlossen war, als die Mädchen des PCR-Blocks ihre dekadenten Puppenwagen bekamen.

Du wirst schon sehen, was aus deiner Tochter wird, wenn du ihr ohne Weiteres jeden Wunsch erfüllst, sagte mein Vater, als Mutter schwach wurde, nachgab und mir einen Puppenwagen kaufte. Einen Buggy. Einen grünen.

Ich hatte mir ganz früh das Wünschen abgewöhnt. Das chinesische Spielzeug wollte ich nicht haben. Ich wünschte mir einen Puppenwagen und einfaches Puppengeschirr. Aber das bekam ich nie. Keines dieser schrillen Dinger, die bei uns in der Vitrine standen, wollte ich haben. Ich war nie gefragt worden, und dann kamen als Überraschung gleich zwei davon.

Freust du dich nicht, fragte meine Mutter.

Ich hatte mir das Freuen ganz früh abgewöhnt. Den Bären mit der Trommel habe ich mir nie gewünscht. Auch nicht den Bären mit dem Fotoapparat. Den Eisverkäufer mit seinem Wagen auch nicht. Den kleinen Chinesen auf dem Fahrrad nicht. Und keines dieser Dinger, die man mit einem Schlüssel aufziehen musste, damit sie immer wieder in ihrer engen Welt kreisten und immer in der gleichen Position erstarrten. Mit erhobener Hand. Mit dem Fotoapparat vor den Augen. Mit dem Schlagzeug in der Luft.

Ich hatte mir nie dieses Spielzeug gewünscht, auch wenn Mutter auf unsere Sammlung so stolz war. Ich durfte es aus der Vitrine holen und zeigen, vorführen, wenn jemand zu Besuch kam. Aber das passierte sehr selten. Sonst durfte ich nicht damit spielen, es sollte nicht kaputtgehen.

China, Ungarn, Jugoslawien und so weiter. Man könnte meinen, das kommunistische Lager wäre sich einig gewesen. Damals gab es noch keinen Prager Frühling. Aber sogar wir Kinder aus dem PCR-Block wussten, dass das nicht stimmte. Radio Tirana sprach von der imperialistischen Sowjetunion und den revisionistischen Chinesen. Ich kann mich nicht erinnern, was Vater davon hielt. Mutter aber meinte. Diese kleinen Albaner seien bezahlt von den Russen, um die Meinungsfreiheit im kommunistischen Block zu betonen. Demokratie zu beweisen. Diese kleinen Albaner. Die übertreiben. Nehmen sich zu ernst.

Die Stimmung gegen die Russen verbreitete sich immer mehr. Sobald unsere Befreier das Land verlassen hatten, wurde das Murmeln immer deutlicher. Dass die Russen unsere Agrarprodukte, Bodenschätze und Öl weggeschleppt hatten. Jedenfalls solange noch Öl da war. Danach haben wir unser eigenes Öl zurückimportiert. Nur etwas teurer. Murmelten die Stimmen.

Was die Chinesen von uns bekamen, wusste ich nicht.

Aber ich wusste, dass unsere chinesischen Brüder jede Menge Spielsachen machten. Tüchtig, tüchtig. Von Hand. Damit die Kinder der Genossen in Rumänien etwas zum Spielen haben. Und damit Millionen und Millionen von kleinen Chinesen Arbeit kriegen und ihren täglichen Reis mit den Stäbchen essen können. Damit jeder Chinese jedes Jahr seinen Anzug kriegen kann.

Das ist Kommunismus, sagte mein Vater.

Meine Freundin Melitta und ich, wir hörten ihm mit offenem Mund zu.

Die Beziehungen Rumäniens zu China waren damals in Ordnung. Sie wurden sogar exzellent, als der neue Generalsekretär der Kommunistischen Partei, der sich auch bald zum Präsidenten ernannte, der stolze Mann, den Neuen Geist aus China mitgebracht hatte. Die Kulturrevolution. Ein Geschenk Maos. Kurz nach dem Prager Frühling. Ein Geschenk unter Berufsrevolutionären. Mit der Reise nach China begann die Verbrüderung mit dem Riesen-Bruder. Von da an war jeder kleine Chinese der Bruder eines jeden kleinen Rumänen. Aber natürlich gingen einige Chinesen leer aus. Von da an gab es immer mehr Witze über Chinesen in der rumänischen Folklore. Und das deutete auf eine Verwandtschaft hin. Auf eine Verwandtschaft im Leiden. Nur, dass es den kleinen Chinesen viel dreckiger ging. Aber wenn man wollte, fand sich noch ein Superlativ. Die Albaner.

Die Kulturrevolution musste streng geschützt werden. Deswegen wurde die Zensur wieder eingeführt. Eine chinesische Mauer hätte man gern bauen wollen. Aber das passte nicht zu unserem Specific Național. Der Nationalstolz hatte uns wieder mal gerettet. Es blieb bei dem Stacheldraht.

Vigilența. Wachsamkeit.

Tod. Grau. Niedergeschlagenheit. Hunderte von Worten wurden verboten. Es war eine positiv eingestellte Gesellschaft, die uns drohte. Mit negativen Wirkungen.

Die Zeiten änderten sich. Mit der Außenwelt verbunden zu sein war plötzlich eine mutige Tat.

XVII

[handschriftliche Notiz: Mit 17 an 1. Roman geschrieben? Thema?]

Ich war bald achtzehn und schrieb an einem Roman. Eigentlich ein Dialog zwischen einem West- und einem Ostkommunisten. Ich weiß nicht, wie viele Leute davon wussten. Vielleicht war es meine Klassenkameradin Dana. Die eine miserable Kindheit hinter sich hatte. Und noch aus anderen Gründen erpressbar war. Vielleicht war es Gabriela, die Angst hatte, dass ihre Eltern über ihre Kontakte zum Ausland erfuhren. Oder war es Juliana. Oder Ruth, die noch immer hoffte, mit ihrer Mutter nach Israel auswandern zu dürfen. Mariana, die einen heißbegehrten, fast unerreichbaren Platz an der Kunstakademie bekommen wollte. War es vielleicht mein Brieffreund aus Iași. Der mysteriöse Abiturient. Melitta, deren Mutter an Krebs gestorben war, nach der Zwangsarbeit in Russland. Waren es vielleicht die Pädagogen oder sonstwer aus dem Internat.

Jemand musste es gewesen sein. Meine Eltern wussten nichts von meinem literarisch-politischen Versuch. Aber als ich das erste Mal im Verhör darauf angesprochen wurde, war es eindeutig. Das Manuskript sollte ich das nächste Mal mitbringen. Meine Briefe auch. Und alles, was ich sonst an beschriebenem Papier besaß. Man wollte es doch nicht so weit kommen lassen, eine Hausdurchsuchung bei uns durchzuführen. Diese Schande wollte man meinen

Vergewaltigung, bzw. sexualisierte Gewalt

Eltern ersparen. Ich war der gleichen Meinung. Ich fühlte mich unschuldig. Ich hatte nichts zu verbergen.

Sie holten mich von der Straße. Ich hatte schon immer zu Hause erzählt, ich fühle mich beobachtet. Ich spürte kalten Wind in meinem Nacken. Einen Strom. Einen erfrierenden. Ich konnte ihn nicht benennen. Es waren Männer, die ihn auslösten. Und Mutters Angst vor Vergewaltigung spiegelte sich in mir wider. Vater sagte. Das hast du alles erfunden. Und Mutter sagte er, du hast eine hysterische Tochter. Ich gab mir Mühe, auf die Straße zu gehen und keine Angst zu haben. Ich gab mir Mühe, den Mann, der mich täglich in der katholischen Kirche neben dem »Vatican« empfing und einen anderen Mann abzulösen schien, nicht ernst zu nehmen. Ich kam von Neu-Arad, aus dem Internat, mit der Straßenbahn in die Stadt. Und zwischen Ankunft und Schulanfang vertrieb ich mir täglich die Zeit in der Kirche. Jesu verwundete Füße küsste ich nicht. Dafür aber die Hände bettelnder alter Frauen. Ich gab ihnen mein Geld und hatte Mitleid mit ihrem demütigen Leben. Ich glaubte, dass Betteln für sie eine Aufgabe war. Ich beobachtete das tranceartige Schütteln und Bewegen eines Blinden, der vor der Kirche saß. Und im Sommer die Prüfungen der unerträglichen Hitze durchmachte. Im Winter die der eispeitschenden Winde. Er bewegte sich stundenlang nicht vom Fleck. Denn er war immer noch da, wenn ich von der Schule kam.

Oder. Es war ein anderer als Blinder verkleidet. Um mich irrezuführen. Um mich zu beobachten.

Du hast eine hysterische Tochter, sagte mein Vater. In Wirklichkeit meinte er das von uns beiden. Ich gewöhnte es mir ab, über den Mann vor der Kirche zu sprechen. Vater hätte ich sowieso davon nichts erzählen dürfen. Ich versuchte, mich blind zu stellen. Den Mann vor der Kirche nicht mehr zu sehen. Und eines Tages gewöhnte ich es mir ab, in die Kirche zu gehen.

Sie kamen mit einem Auto. Einem schwarzen. Autotypen kann ich mir nie merken. Für mich sind sie alle gleich schwarz. Der eine stieg aus. Schrie meinen Namen. Bleiben Sie stehen. Er packte mich am Arm. Ich wollte noch nach Hause gehen. Mutter Bescheid sagen. Mutter hatte Kopfschmerzen. Aber er sagte. Wir haben Ihre Eltern schon informiert.

Steigen Sie ein, sagte der Mann. Und ich glaubte, ihn zu erkennen. Sie kommen jetzt mit uns. Ich wusste vage, dass es so etwas gibt. In unserer Familie sprach man nicht darüber. Das betraf nur die anderen. Die Feinde. Wir waren parteitreu.

Mich betraf das überhaupt nicht. Denn ich wollte nur den Kommunismus reformieren. Das wäre die Aufgabe der Neuen Generation. Meinte ich damals.

Ich wusste. Es war unnötig, sich zu wehren. Sie zeigten mir ihre Legitimationen und ihre Papiere. Es war kein Haftbefehl. Es war eine kategorische Einladung.

Ich schrieb an einem Roman. Hatte gerade meine Gymnasiumszeit hinter mir. Studierte byzantinische

Kirchenmalerei. Ohne die Genehmigung meiner Eltern. Ohne den Segen der Partei. Das Studium wurde von der orthodoxen Kirche finanziert. Ich zog mit Künstlern durchs Land und lernte alles Mögliche. Ich lernte die Arbeit eines Zimmermanns. Ich lernte, wie man mit Eimern voller Farbe über ein Brett balanciert und sie quer durch die Kuppel bringt. Wie man, mit nur einem Bein am Gerüst hängend, das Gesicht eines der vierzig Märtyrer malt oder das eines Engels.

Ich lernte, mit einer Gruppe erwachsener Männer Schritt zu halten. Ihren Demütigungsversuchen und Provokationen Widerstand zu leisten. Ich lernte, mir ihren ungestillten Hunger vom Leibe zu halten. Ich lernte, trotz aller Widrigkeiten. Und wollte besser werden als sie.

Ich lernte Restaurieren, Freskenmalerei, Porträtieren, Komposition, Religion. Vor allem lernte ich etwas über das Leben und die wahren Verhältnisse auf dem Lande. Im Land.

In den Dörfern wohnten wir bei Einheimischen. Die Mahlzeiten wurden von der Gemeinde gestiftet. Jeden Tag war eine Familie aus dem Dorf mit Kochen dran. Die Kirchenmaler, meinte man, wären mit Gott verbunden. Deswegen bekamen wir das Beste. Und keiner im Dorf wollte sich unwürdig zeigen. Zum Abendessen bekamen wir Wein oder starken Schnaps. Es galt auch als Zeichen für Gottes Gnade, dass die Kirche bemalt werden durfte. Das musste gefeiert werden. Und wir feierten jeden Abend. Da war es umso schwerer, die Sehnsucht dieser Männer abzuwehren. Wir waren Wochen und Wochen unterwegs. Die Arbeiten dauerten noch länger, wenn es eine neue Kirche war.

Überall, wo wir hinkamen, reichte man uns das Beste. Wir aßen unter dem Gerüst, in der Kirche, manchmal sogar am Altar. Dort hatten Frauen, nachdem die Kirche geweiht war, keinen Zutritt mehr.

Ich fluchte auf die religiösen Sitten. Nach der Einweihung darfst du hier nicht mehr fluchen. Sagte mein Lehrer. Und meine Kollegen. Ich erfuhr, dass Frauen keine Blumen gießen dürfen, wenn sie ihre Tage haben. Ich erfuhr, was Frauen nach den Regeln der orthodoxen Kirche alles nicht dürfen. Und fluchte noch mehr.

Wir standen mit den Bauern auf. Um sechs Uhr morgens waren wir schon auf dem Gerüst. Gegen acht kam das Frühstück. Ein üppiges Mahl mit Eiern, Fleisch, Milch und Kartoffeln. Wir bekamen ein herrlich duftendes Brot, das wir in die Milch tunkten. An Feiertagen und bei Begräbnissen bekamen wir *Coliva,* eine aus Getreide gekochte Süßspeise. Eine Opfergabe für die Toten, die man an Bekannte und Unbekannte verteilte. Eine Kerze dazu und ein Glas Wein, Geschirr und Besteck. *Să fie primit.* Damit der Tote nicht hungern und nicht verdursten muss in der anderen Welt.

Ich hatte keine Ahnung von diesen Sitten und Gebräuchen. Ich hatte keine Ahnung von der Bibel. Großmutter glaubte an die ewige Güte und las dicke Romane. Für sie gab es einen Gott und einen Jesus. Es gab die Mutter Gottes und den heiligen Antonius.

Das war auch schon alles. Und mit all denen verkehrte sie wenig. Es reichte ihr, dass es sie gab. Und dass man sie zur Not um Hilfe bitten konnte.

Einmal wohnte ich bei einem Pfarrer. Der Pfarrer war ein alter, verlassener Mann. Das Pfarrhaus war halb verfallen. Die Türen klemmten. Die Fußböden waren durchlöchert. Die Fenster schlossen nicht richtig. Hatten teilweise keine Scheiben. Gottes Geschöpfe suchten nachts Zuflucht darin. Einmal, nach einer regnerischen Gewitternacht, trat ich morgens, als ich aus dem Bett stieg, auf eine Kröte.

Im Pfarrhaus gab es aber die beste Privatbibliothek, die ich bis dahin gesehen hatte. Ich entdeckte Huxley und Bertrand Russell. Der Pfarrer las viel und rauchte heimlich. Er versteckte in seinen Schreibtischfächern jede Menge Zigarettenstummel, die er irgendwo gesammelt hatte. Ich musste meine Raucherei auch verheimlichen, da man das Gotteshaus und das Haus des Gottesdieners nicht schänden durfte. Diese Situation dauerte nicht lange, da wir uns gegenseitig beim Rauchen erwischten. Und so wurden wir beste Freunde. Rauchten zusammen. Ich kaufte für ihn Zigaretten im Dorf. Und er versorgte mich mit Büchern und Geschichten. Er litt an unheilbaren Wunden aus seiner jahrzehntelangen Kriegsgefangenschaft und der darauffolgenden politischen Haft. Er erzählte mir darüber genauso offen wie über das Leben im Dorf. Über die Kolchose. Über die Seilschaften und Machenschaften in der Gegend. Über Korruption und Betrug.

Außerdem lernte ich selbst Leute aus dem Dorf kennen, Bauern, die vom Arzt missbraucht und von den Beamten unter Druck gesetzt worden waren. Den Bauern ginge es bestens, wurde immer gesagt. Für Zucker, Öl und Mehl mussten wir in der Stadt Schlange stehen. Die Bauern brauchten keinen Zucker hieß es, denn sie haben Obst und Honig. Sie brauchen kein Öl, denn sie haben Schweinefett. Und überhaupt waren ihre Bedürfnisse geringer als die der Leute aus der Stadt, hieß es.

Der Pfarrer paffte seine Zigarettenstummel und sagte. Das Rauchen habe ich mir im Knast angewöhnt. Es half, den Schmerz und den Durst nach Freiheit zu überwinden. Das Vergessensein. Meine Kinder haben mich verlassen. Und meine Frau. Es ist zu spät für mich, es mir abzugewöhnen. Gott muss mich so annehmen, wie ich bin. Ich bin ein armer Sünder. Gottes Gnade ist unermesslich.

Der Tag auf dem Gerüst war lang. Die Heiligen nahmen unsere ganze Kraft in Anspruch. Nach dem Abendessen und dem kräftigen Wein waren wir dann wieder munter.

Beim Pfarrer war ich geschützt. Ich konnte es kaum erwarten, mich in mein ungemütliches Zimmer zurückziehen zu dürfen. Und spät am Abend die Gespräche und die Rauchsünden mit dem alten Pfarrer zu teilen. Er rauchte seine Stummel, und ab und zu erlaubte er sich eine ganze Zigarette.

Im Dorf gab es kaum etwas zu kaufen außer Zigaretten, Büchern und Schnaps. An Schnaps war ich aber nicht interessiert. Auch der Pfarrer nicht.

Die Bücher wurden zum Einpacken von Zigaretten verwendet. Immer eine halbe Seite. Der Verkäufer riss eine Seite ab, teilte sie und wickelte damit fünf oder zehn Zigaretten ein. Und sogar so, dass man die Hälfte der Zigaretten sehen und daran riechen konnte. Und bei den teuren konnte man den Filter sehen. Es gab kaum jemand, der sich wie ich ein ganzes Päckchen leisten konnte. Der Pfarrer schon gar nicht.

Er war kein gewöhnlicher Pfarrer. Als Strafe für seine politische Vergangenheit bekam er keine Rente. Von den Dorfleuten akzeptierte er nur sehr milde Gaben für seine Dienste. Von Geld war selten die Rede. Mal ein Ei, mal ein Kuchenzopf, zu Weihnachten ein paar Würste. Zu Ostern ein Stück Lamm. Ein Tag Arbeit in seinem Garten.

Trotz Alter und Krankheit. Seiner Zerbrechlichkeit zum Trotz versuchte er noch selbst zu sensen oder Kartoffeln auszugraben.

Er hatte eine Haushaltshilfe, eine blinde alte Frau, die ab und zu ins Haus kam und ihm strengstens verbot, schwere Arbeiten zu übernehmen. Sie war eine der wenigen im Dorf, die sich trauten, ihm ohne Zögern zu helfen und in der Öffentlichkeit Gutes über ihn zu reden.

Beim Kolchosevorsitzenden, dem Arzt und den anderen Neuen Menschen der Gegend war der Pfarrer schlecht angesehen. Man wollte mir einen neuen Gastgeber suchen, nahm an, dass ich bei diesem alten Pfarrer fehl am Platze wäre. Und einem schlechten Einfluss ausgesetzt sei.

Ich blieb die ganze Zeit beim Pfarrer, und nachdem ich das Dorf verlassen hatte, schrieben wir uns noch ein paar Jahre. Auszüge aus unseren Briefen waren dann in meinen Akten dokumentiert.

XVIII

Wie kamen Sie überhaupt dazu, den Arzt zu verklagen. Fragte mich Genosse Lăpuşcă bei einer unserer erzwungenen Unterhaltungen. Ein Parteimitglied zu verleumden. Nur auf den Verdacht eines alten Verbrechers hin. Wussten Sie, dass er im Gefängnis war.

Ich wusste es. Aber das war Vergangenheit. Und er wurde vom Präsidenten selbst begnadigt. Sonst wäre er nie rausgekommen. Lebenslang. Er wäre doch nicht umsonst begnadigt worden. Sie kennen den Pfarrer nicht.

Sie haben sich aufhetzen lassen von diesem reaktionären Schwein. Ich erwiderte, dass ich es als patriotische Pflicht empfand, über Taten zu berichten, die unsere Gesellschaft bedrohten. Das hätte ich zu Hause, in der Schule und in der Kommunistischen Jugendorganisation so gelernt. Dass man kein Auge zudrücken darf, wenn sich Menschen unwürdig des Wortes Genosse bedienten und im eigenen Interesse agierten.

Der Arzt war selten nüchtern anzutreffen. Ich wurde von ihm unter einem männlichen Namen in die Kartei eingetragen. Aus welchem Grund auch immer, er reagierte nicht, als ich ihn darauf aufmerksam machte.

Der Arzt war gleichzeitig der Apotheker für alle Ortschaften in der Umgebung. Er verschrieb unnötige und teure Medikamente und schummelte beim Restgeld. Das erzählten die Bauern im Dorf. Ich erlebte es mehrere Male selbst. Ich hatte es satt, ihn immer wieder auf seine Rechenfehler aufmerksam zu machen. Ich fühlte mich verpflichtet, genauer zu recherchieren und es an die Zeitung weiterzuleiten.

Es gab auch andere Ungerechtigkeiten im Dorf. Der Mangel an Öl und Zucker war nur eine Kleinigkeit. Ich war bedrückt. Entsetzt. Kampfbereit. Entschloss mich, eine Demonstration vor dem Rathaus in Arad zu organisieren. Die Behörden in der Stadt wüssten nicht, wie es auf dem Lande zugeht, meinte ich.

Auch wenn ich mich immer noch beschattet fühlte, wenn ich an manchen Wochenenden zu meinen Eltern in die Stadt kam, konnte ich nichts damit verbinden. Ich fühlte mich wie ein freier Mensch in einem freien Land. Ich war dazu erzogen, politisch frei zu denken, zu sprechen und zu handeln. Ich wusste, dass die Partei die Kritik schätzte. Die Selbstkritik am allermeisten. Ich war dazu erzogen, die Dinge ernst zu nehmen. Mich verantwortlich zu fühlen. Für Gerechtigkeit zu kämpfen. Den Betrug zu entlarven. In der Verfassung stand, dass man seine Meinung frei äußern dürfe. Das Recht, sich zu organisieren, war gewährleistet. Ich achtete auf die Verfassung. Ich hätte nichts Verfassungswidriges unternommen.

Juliana, Gabriela und andere meiner Freundinnen versuchte ich dafür zu gewinnen, bei der Demonstration mitzumachen. Sie lebten in der Stadt und hatten keine Ahnung von dem Ölmangel und der Persekution der Bauern. Von Melitta fehlte jede Spur. Auf meine Briefe bekam ich keine Antwort. Hörte auf, ihr zu schreiben.

Der Cousin meiner Freundin Dana arbeitete beim Zoll. Vielleicht war er gar nicht ihr Cousin. Und vielleicht arbeitete er gar nicht beim Zollamt. Er trug eine Uniform. Und ich hätte es eigentlich wissen müssen, dass jemand nicht beim Zollamt arbeiten kann, ohne sich noch woanders zu betätigen.

Zollamt und Grenze. Wachsamkeit. Schutz und Vaterland.

Der Cousin trug eine Uniform. Er wollte immer mehr über mich wissen. Der Cousin war jung und frisch verliebt. Er wollte mehr und mehr wissen. Er wollte alles wissen.

Demonstrieren wollte er nicht.

Wie kommst du dazu, sagte der Cousin. Wie kommst du dazu, einen Genossen anzuklagen.

Ich war in einen Prozess verwickelt. Ich war wegen Verleumdung angeklagt. Ich musste mich wehren. Sie lügt, meinte der Arzt. Sie war nie bei mir in der Praxis. Ich habe diese Person nie in meinem Leben gesehen. Sie und ihren Pfarrer.

Das Ärztekollegium war empört. Man ging davon aus, dass ich, so jung, wie ich war, noch nicht verdorben sein konnte, sondern von feindlichen Mächten manipuliert worden war.

Es sollte eine exemplarische Strafe geben.

Da erinnerte ich mich plötzlich, dass ich unter dem Namen eines Mannes in der Kartei eingetragen war.

Der Namen stand schwarz auf weiß da. Ich konnte aufatmen.

Wir gratulieren, Genossin, sagte Genosse Lăpuşcă hinterher. Bei einem unserer zahlreichen Zwangsgespräche. Sehen Sie, so müssen Sie sich verhalten. Sie müssen Zivilcourage zeigen. Sie müssen uns helfen, die Unstimmigkeiten in unserer Gesellschaft aufzudecken. Sie könnten eine gute Mitarbeiterin sein. Sie haben das Zeug dafür.

XIX

Ich war schon volljährig, als sie mich holten. Ich machte kurz Urlaub bei meinen Eltern. Meine Mutter hatte Kopfschmerzen. Und ich ging für sie einkaufen. Plötzlich das Auto. Ein Mann stieg aus. Seine Hand auf meinem Arm. Es schmerzte. Die Angst. Ich hatte nichts Verfassungswidriges unternommen.

Sie ließen mich mehrere Stunden warten. Irgendwann kamen ein paar Männer in Anzug und Krawatte. Ich wurde nach meinem Namen gefragt. Ansonsten das Übliche. Alles wurde sorgfältig notiert. Ich fragte, ob ich jetzt gehen dürfe.

Noch nicht. Wir werden es Ihnen schon sagen. Dann musste ich weiter warten.

Warten. Horchen. Warten. Warten.

Warten.

Am ersten Tag wollten sie nichts weiter wissen. Gegen Abend durfte ich das Gebäude verlassen.

Sie haben verstanden, Genossin. Sie bringen alles mit. Briefe, Notizen, Gedichte, Erzählungen. Alles, was Sie geschrieben haben. Und vergessen Sie Ihren Roman nicht.

Meine Tagebücher habe ich versteckt. Den Rest habe ich in Koffer gepackt und am nächsten Morgen mitgenommen.

Was hast du getan, fragte Mutter.

Sie traute sich nicht, mich zu schlagen.

Die Nacht hatte sich ausgedehnt. Ich wartete mit offenen Augen auf den Morgen. Ich zählte die Sekunden. Und jede Sekunde war länger als sonst. Ich zählte die Minuten. Die Stunden.

Die Nacht lag mit ihrer Schwere in meinem Kopf. Sie rauschte. Die Nacht hing schwer an meinen Armen. Sie zog mich nach unten.

Was hast du getan, fragte Mutter. Ich packte die Koffer.

Die Koffer zogen meine Arme nach unten.

Du wirst mich noch umbringen, schrie Mutter, als ich die Tür hinter mir zuzog.

Verreisen Sie, fragte Genosse Lăpuşcă. Als er mich am Eingang abholte.

Ich ziehe hier ein.

Drei Monate lang stand ich täglich acht Stunden im Kreuzverhör. Der Genosse Lăpuşcă war mein Betreuer. Er kümmerte sich um mich. Täglich um acht Uhr morgens holte er mich am Eingang ab. Brachte mich um sechzehn Uhr zurück. Man vertraute mir, dass ich am nächsten Morgen wiederkommen würde.

Und reden Sie mit niemandem darüber, sagte Genosse Lăpuşcă jedesmal, wenn wir uns am Ausgang trennten.

Drei Monate lang jeden Morgen. Es war viel zu tun. Ich musste die Briefe all meiner Freunde aus dem Westen übersetzen. Und meine Antworten, die sich in meinen Akten befanden.

Es war schwere Arbeit.

In den Akten stand meine Lieblingsfarbe. Blau. Warum gerade Blau, Genossin. Und was ist mit Rot. Ja, Rot habe ich immer gehasst.

In den Akten stand, dass ich schon ganz früh wusste, was Männer von mir wollen. Es stand, dass ich mich wehrte. Und dass man das mit dem Häutchen. Sie wissen schon. Dass das nie bewiesen werden konnte. Dass meine Mutter es so gern hätte wissen wollen. Weil es für ein Mädchen so wichtig, so wertvoll wäre. Sie drohten, Mutter einiges zu erzählen.

Es gibt nichts zu erzählen, Genosse Lăpuşcă. Er schmunzelte. Wir sind schon längst informiert. Er sagte. Der Cousin, der Zollbeamte. Sie irren sich, Genosse Lăpuşcă. Er meinte aber, er wisse es besser.

Genosse Lăpuşcă reichte mir eine Zigarette. Wir sind informiert, dass Sie rauchen. Ich zündete die Zigarette an. Wissen es Ihre Eltern, fragte er.

Acht Stunden täglich. Ein Arbeitstag. Ich musste mich unheimlich konzentrieren. Man las einen Ausschnitt aus meinem Dossier vor. Danach musste ich dazu Stellung nehmen. Jede Äußerung wurde von einem der Männer ins Protokoll aufgenommen. Der andere stellte die Fragen. Meistens war es Genosse Lăpuşcă. Für die Fremdsprachen gab es einen Spezialisten. Seine Aufgabe war, meine Übersetzung zu kontrollieren.

Ich habe mich bemüht, keine Fehler zu machen. Nichts zu leugnen. Meine Äußerungen genau zu erklären. Ich musste immer wieder ihre Interpretationen korrigieren. Darauf bestehen, dass alles richtig ins Protokoll eingetragen wird. Durfte keine unnötige Last auf mich nehmen. Der Wahrheit zuliebe.

Ich habe mich bemüht. Täglich. Angespannt. Ein Bogen.

Manchmal wurde ich allein gelassen. Mitten im Verhör. Warten. Warten. Warten.

Warten ist Gift. Und das wussten die Genossen. Sie vergifteten jeden Tag. Von acht bis vier. Und noch länger. Sie vergifteten meine Nacht. Sie vergifteten einfach alles, was sie anfassten.

Genosse Lăpuşcă war meine Bezugsperson. Sie können mir ruhig sagen, wenn Sie irgendwas brauchen. Wenn Sie ein Problem haben. Wenn es Ihnen nicht gut geht. Haben Sie doch Vertrauen. Ich bin Ihr Freund. Ich will Ihnen nur helfen, Genossin.

Ich brauche keine Hilfe. Ich habe nichts getan.

Ich erfuhr, dass ich keine Freunde mehr habe. Sämtliche Aussagen wurden mir vorgelesen. Abgegeben von Menschen, die ich kannte. Und die mir nahestanden. Manchmal wurde nur angedeutet, wer sie gemacht hätte.

Nein. Melitta war nicht dabei.

Nein. Melitta hatte es nicht getan. Aber Melitta war nicht zu erreichen. Ich hatte keine Freunde mehr. Meine Briefe an Melitta blieben ohne Antwort. Ich fand sie in meinen Akten wieder.

Die Koffer waren voller Korrespondenz. An einem Tag schafften wir nur ein paar Briefe. Je nachdem, wie belastend sie waren. Die Briefe aus Italien fand Genosse Lăpuşcă besonders interessant. Es waren auch Liebesbriefe dabei. Das interessiert uns weniger. Behauptete Genosse Lăpuşcă. Wir wollen uns doch nicht in Ihr Privatleben einmischen. Wir hoffen nur, Sie wissen, was Sie tun. Wenn Sie sich mit dem Klassenfeind einlassen.

Ich bekam Zigaretten und Kaffee. Die Männer waren immer freundlich zu mir. Genosse Lăpuşcă wollte mir helfen. Meinte es gut mit mir. Sie lassen sich nicht helfen, sagte er manchmal, wenn er mich zum Ausgang begleitete.

Ich brauche keine Hilfe. Ich habe nichts getan.

Jeden Tag zwischen acht und sechzehn Uhr war ich gespannt wie ein Bogen. Punkt sechzehn Uhr wurde ich entlassen. Ich hätte es keine weitere Minute ausgehalten. Meine Kräfte waren sehr genau berechnet. Sobald ich den kräftigen Händedruck von Genossen Lăpuşcă hinter mir hatte. Die Tür hinter mir geschlossen war. Sackte ich zusammen. Ich musste mich über die Maßen anstrengen, um bis zur Straßenbahn zu gelangen. Meistens war sie überfüllt. Die Leute standen sehr dicht aneinander. Wenn ich nicht gerade auf dem Trittbrett hing, ließ ich mich einfach fallen. Irgendjemand musste mein Gewicht ertragen. Die Menschen standen so dicht aneinander, dass es keinem auffiel. Ab und zu musste ich mich zusammenreißen. Musste mich bewegen. Damit die anderen aussteigen konnten. Ein Zittern machte mir zu schaffen. Ich konnte meine Fahrkarte kaum in den Entwerter kriegen. Wenn ich einen Platz ergatterte, blieb ich sitzen. Ich fuhr mit der Straßenbahn hin und zurück. Brachte nicht die Kraft auf mich zu erheben. Irgendwann schleppte ich mich dann nach Hause.

Ich zitterte den ganzen Tag. Und die Nacht über. Zu Hause schmiss ich mich gleich aufs Bett. Angezogen. Nicht einmal die Schuhe zog ich aus.

Niemand sprach mit mir. Nur Mutter fragte ab und zu. Warum willst du uns nichts sagen. Was hast du getan.

Jeden Morgen war Genosse Lăpuşcă da. Wir kannten uns immer besser. Wir wussten, was wir voneinander erwarten konnten.

Ich wusste, dass ich von ihm alles erwarten kann.

Er hat mir das Vertrauen in den Menschen nicht wegnehmen können. Genosse Lăpuşcă war auch Kind einer Mutter. Hatte Familie und Kinder. Genosse Lăpuşcă war auch ein Mensch. Hassen soll man nicht. Und niemanden umbringen wollen.

Vater war zu der Zeit viel in der Stadt. Denn es passierten außerordentliche Dinge. Und da war er gefragt.

Der Prager Frühling war ohne die Beteiligung rumänischer Panzer erstickt worden. Das war schon eine Weile her. Rumänien sollte aber immer noch teuer dafür bezahlen. Meinten die Russen.

Der Präsident suchte Verbündete. Streckte seine Tentakel in die Welt. Sogar die Queen war beeindruckt. Sie defilierte mit dem Held des Tages in der Kutsche vor. Stellte ihn zur Schau. Der Held bekam uneingeschränkte internationale Unterstützung. Im Lande wuchs plötzlich die Zahl der Parteimitglieder. Das Land braucht uns, meinten viele Regimegegner. Und Söhne von Regimegegnern, die ihre Väter im Knast verloren hatten. Die Partei braucht uns. Man spürte kalten Schweiß im Rücken. Die Russen. Und keiner wollte ihnen trauen. Die Partei braucht uns. Weil das Land. Und so weiter. Wir drängten uns, in die Partei einzutreten, meinten sie. Dann fuhr Er nach China. Ließ sich von Mao einwickeln. Als wir aufwachten, war es zu spät, sagten sie.

Damals aber stieg die Zahl. Den nationalspezifischen rumänischen Sozialismus wollten viele unterstützen. Denn er war der bessere. Der richtige. Vater meinte, die Zensur wäre abgeschafft worden. Und die Macht des Sicherheitsdienstes eingeschränkt. Es tobte unterschwellig ein Krieg zwischen der Partei und dem Sicherheitsdienst. Wir Kinder des PCR-Blocks wurden von beiden Seiten beobachtet. Wer würde uns kriegen. Wir sollten die nächste Garde sein. Wir sollten uns engagieren. Die Securitate sollte im Dienste der Partei sein. Sie stellte sich in ihren eigenen Dienst. Verselbständigte sich. Und wir Kinder des PCR-Blocks bekamen das zu spüren.

Die Zensur war wichtig, und man führte sie wieder ein. Die Zensur und die Überwachung. Ihre Nützlichkeit wurde tagtäglich bewiesen. Der Sicherheitsdienst war unentbehrlich. Nicht einmal der Partei konnte man trauen. Oder ihren Anhängern.

Zu der Zeit also war Vater, eigentlich Bürgermeister in Săvîrşin, viel in der Stadt. Traf sich mit dem Ersten Sekretär und den ganzen wichtigen Leuten der Landesregierung. Sie hatten viel zu besprechen. Es gab neue Dekrete, die der Präsident täglich wie frische Eier auf den Tisch der Partei legte. Er war ein dekretsüchtiger Präsident. Per Dekret wurde das eine oder das andere im Lande von heute auf morgen geregelt. Neu entschieden. Ohne Absprache mit anderen Organen. Der Präsident war allwissend und allmächtig. Manche Genossen versuchten zu protestieren. Das trauten sich aber nur die alten Illegalisten. Andere meinten, es ginge eben nicht anders. Nur dadurch könne man die Zerstrittenheit vermeiden.

Vater war zu der Zeit viel in der Stadt. Nicht nur meinet wegen. Sie hatten viel zu besprechen in den Parteikreisen. Es gab Umstrukturierungen, die alle betrafen. Vater musste unbedingt dabeisein. Es gab auch einiges, das man ihm verheimlichte. Umstrukturierungen, die auch ihn etwas angingen.

Vater war der Partei treu und hätte nie gewagt, Zweifel zu äußern. *Suspiciuni* zu haben. Und wenn die Partei mich eines Tages nicht mehr braucht, kehre ich zu meinem Beruf zurück. Vaters Beruf hatte etwas mit dem Wald zu tun. Aber er wollte lieber Bürgermeister sein. Oder etwas anderes. In der Stadt.

XX

Sie kannten mich in- und auswendig. Sie gaben zu, mich seit Jahren zu beobachten.

Sie kannten mich in- und auswendig. Und doch nicht gut genug. Sie versuchten es mit allem. Mit Demütigung. Verlockung. Erpressung. Bedrohung und Bestechung.

Was meinen Sie mit dem Schlamm. Meinen Sie damit unsere Gesellschaft. Und was verbirgt sich unter dem grauen Rauch der Fabriken. Empfinden Sie alles als zu grau bei uns? Damals wusste ich nichts von der Liste verbotener Worte.

Von den Verbrechen der Worte.

Worte kann man einsperren. Man kann sie nicht ausrotten. Sie sind wie Menschen. Sie sind wie Bäume. Sie treiben weiter ihre Wurzeln. Sie bohren sich in den Boden. Und irgendwann ist der Boden reif für die kommende Ernte.

Worte sind wie Menschen. Wie Bäume. Sie leben ihr Leben und sterben ab. Erwachen zu neuem Leben. Und doch. Nichts ist das Wort. Nur seine Spur ist gewaltig.

Was hast du getan. Fragte meine Mutter.

Siehst du, sagte mein Vater. Ich habe es dir immer gesagt. Du wirst schon sehen, was aus deiner Tochter wird. Wenn du ohne Weiteres allen ihren Launen nachgibst. Ihr jeden Wunsch erfüllst.

Melitta war nicht zu erreichen. Und Großmutter war mit ihren dicken Romanen beschäftigt, die sie im »Vatican« las. Wenn ich entlassen wurde, ging ich nie bei ihr vorbei.

Der Zollmensch mit seiner Uniform klopfte manchmal bei uns an die Tür. Erkundigte sich, wie es mir geht. Er wollte es wissen. Immer mehr wissen. Er musste es wissen. Es war seine Aufgabe. Vielleicht war er kein Cousin. Und kein Zollmensch.

Frisch verliebt sollte er sich geben. Ich lag im Bett. Angezogen. Die Schuhe auf der Decke. Sie schläft, sagte Mutter. Sie schläft ganz viel in der letzten Zeit. Und sie isst kaum. Der Zollmensch erreichte mich nie. Er musste immer berichten, Objekt nicht angetroffen.

Na dann, bleiben Sie dran, Genosse.

Sie wollten alles wissen. Ob meine Periode nicht zufällig ausgefallen ist. Ob ich nicht unter einem prämenstrualen Syndrom leide. An manchen Tagen besonders verwundbar sei. Ob ich gern Kartoffelsuppe esse. Das Meer oder das Gebirge vorziehe. Steine sammle. Mich selbst befriedige.

Sie wollten alles wissen. Um es zu erfahren, war ihnen keine Mühe zu groß.

Sehr früh war das Leben von uns PCR-Block-Kindern von Politik bestimmt. Bevor wir überhaupt wussten, was Politik bedeutet. Ich konnte mir das Leben gar nicht anders vorstellen. Wahrscheinlich fing es in dem deutschen Dorf an, wo wir eine Zeit gelebt hatten, bevor ich zur Schule ging. Vater war als Propagandist dort hingeschickt worden, um die Bevölkerung von diesem und jenem zu überzeugen. Mutter sprach unter anderem Deutsch. Es war hilfreich, eine solche Genossin an seiner Seite zu haben. Ich ging in den deutschen Kindergarten. Pflegte gute Beziehungen zu den deutschen Mitbürgern meines Alters.

Melittas Leben war auf eine andere Weise von Politik bestimmt worden. Von der Politik und ihren Folgen.

Alle meine Briefe an Melitta blieben ohne Antwort. Ich fand die Briefe in meinen Akten wieder. Ob meine Briefe auch in Melittas Akten zu finden waren. Und ob Melitta überhaupt eine Aktensammlung beim Innenministerium besaß. Ich wusste nur, dass sie in ihrer Schule in Bocşa. Ein paar hundert Kilometer entfernt von Arad. Von einem Unbekannten befragt worden war. Sie musste Fragen beantworten, die mit mir zu tun hatten. Und unserer Freundschaft. Der Lehrer für Geschichte hätte gesagt. Pass auf, der ist von der Soundso. Und Melitta wusste gar nicht, wozu das gut sein soll. Und was sie denn damit zu tun hatte. Außer, dass sie meine Freundin war.

Melittas Leben wurde anders von der Politik bestimmt. Vielleicht wurde Melittas Leben durch meine geplante Demonstration vor dem Arader Rathaus für immer geprägt. Ich weiß es nicht. Denn wir haben nie mehr voneinander gehört.

XXI

Eines Tages hielt ich es nicht mehr aus. Dieses Hin und Her. Genosse Lăpuşcă. Das Vegetieren in Kleidern und Schuhen auf dem Diwan. Mutters Fragen. Vaters Blick. Das Tuscheln im Treppenhaus.

Eines Tages konnte ich es nicht mehr ertragen. Ich fragte mich nicht, wie lange es noch dauern wird. Ich glaubte sicher zu wissen, es würde immer anhalten. Mein Leben lang würde ich fremden Menschen meine Briefe vorlesen müssen. Mich verteidigen. Nach Luft schnappen.

Genosse Lăpuşcă war kein Fremder mehr. Wir kannten uns immer besser. Er meinte sogar, wir wären befreundet.

Sie fanden mich zusammengesunken auf dem Bett. Ich konnte nicht reden. Ich konnte meinen Kopf nicht mehr halten. Es drehte sich alles, und ab und zu musste ich brechen. Dann fiel ich wieder in Ohnmacht.

Einmal klingelte es. Ich wollte zur Tür. Nach einer Weile fand ich sie. Die Tür war nicht zu öffnen. Dann doch. Der Zollmensch stand vor der Tür. Mit Danas Bruder. Ich konnte mich nicht entscheiden, wen ich gerade sah. Vielleicht war es auch der Briefträger. Oder der Stromableser. Irgendjemand musste es gewesen sein. Über Umwege fand ich zurück in mein Zimmer.

Als meine Eltern kamen, lag ich bewusstlos da.

Sie haben mich nicht geschlagen. Sie haben auch nicht viel nachgefragt. Überall standen leere Flaschen herum. Es war kurz vor Silvester. Eigentlich war unsere Vorratskammer immer vollgestopft. Mutter kochte unzählige Marmeladen, Gelees und Konfitüren, Kompotte und Sirupe. Sie weckte für den Winter Unmengen an Gemüse und Sauerkraut ein. Es wurde nie alle. Die Marmeladen lagen über Jahre auf dem Regal und hatten kristallisiert. Im Frühling kamen die eingelegten Gurken in den Müll. Mutter weckte aber jedes Jahr wieder ein. Für eine ganze Kantine. Zu uns kam nie Besuch. Und wenn, dann hätte er Mutters Vorratskammer auch nicht geschafft. Vater kümmerte sich um Getränke. Die hatten wir auch seit Jahren vorrätig. Wein. Pflaumenschnaps aus Vaters Gegend. Wodka. Alles mögliche.

Im Regal in der ersten Reihe stand eine viereckige Flasche mit Triple Sec. Sie hatte ein blaues Etikett und ein paar Sterne. Damit habe ich angefangen. Ich weiß nicht, wie es schmeckte. Ich hatte nicht gekostet. Ich spülte es einfach runter. Dann kamen Schnaps und Cognac dran. Vermutlich auch Wein. Ich weiß nicht, wie alles schmeckte. Es hätte auch Gift sein können. Das hatte ich insgeheim gehofft.

In unserer Vorratskammer stand auch etwas gegen Mücken und eine Säure, mit der Mutter immer Seife zubereitete. Die habe ich aber nicht erwischt.

Ich erinnere mich nicht, dass sie mich geschlagen hätten.

Am dritten Tag kam ich zu mir und war wieder imstande, zu Genossen Lăpuşcă zu gehen. Am liebsten hätte ich mich versteckt. Ich roch immer noch wie eine Destille.

Am liebsten hätte ich mich nie mehr jemandem gezeigt. Meinen Eltern am wenigsten. Ich sah Vaters Blick, wie er sich mit Abscheu von mir abwandte. Eine Säuferin im Hause zu haben, hätte er sich nie träumen lassen. Mutter war zu Tode erschrocken. Fing an, Vater anzuschreien. Meinte, die Partei müsse etwas unternehmen. Das könne nicht so weitergehen. Du musst mit dem Vize sprechen. Oder sogar mit dem Ersten Sekretär. Die Securitate kann sich nicht alles erlauben.

Mit mir sprach niemand.

Melitta war auch nicht zu erreichen.

Großmutter las ihre endlosen Romane. Verstand nichts von Politik.

Nur der Zollmensch klopfte manchmal an die Tür. Fragte nach mir. Er war ein Säufer. Vor ihm musste ich mich nicht verstecken. Ich tat es trotzdem.

Der Zollmensch kam nur bis zur Tür. Und es war gut so.

XXII

Vater entschied sich nachzugeben. Auf Mutter zu hören. Sie ist auch deine Tochter, sagte Mutter. Aber Vater wollte niemals eine Tochter haben. Er ging zum *Consiliul de Partid*. Zu der Parteiorganisation der Landesregierung. Erzählte von mir. Man wusste schon Bescheid. Wir können nichts für dich tun, Genosse. Wenn deine Tochter schuldig ist, dann muss sie dafür bezahlen. Du hast sie nicht richtig erzogen. Das hätten wir von dir nicht erwartet.

Vater kam bedrückt nach Hause. Er setzte sich hin und schrieb einen Brief. Er schrieb mehrere Tage. Ab und zu fragte er mich. Bist du sicher, dass du dir nichts vorzuwerfen hast.

Ich hatte keine Schuldgefühle. Ich wusste noch gar nicht, um welche Anklage es ging. Deine Korrespondcnz mit dem Ausland, sagte Vater. Die Partei sieht das nicht gern. Du willst doch nicht in den Westen.

Nein, sagte ich. Ich will Kirchen bemalen. Und Romane schreiben.

Das, sagte Vater, sieht die Partei überhaupt nicht gern.

Mutter sagte. So viele Jahre hat die Partei nichts dagegen gehabt. Gegen die Korrespondenz.

Die Zeiten ändern sich, sagte Vater. Der Klassenfeind lauert überall.

Mutter fiel von einem Kopfschmerz in den anderen. Die Schmerzen hörten überhaupt nicht mehr auf. Mir taten Mutters Schmerzen weh. Ich konnte nichts tun. Ich konnte ihr nicht helfen. Sie ging gar nicht mehr arbeiten. Sie lag blass und verkrampft im Bett. Was hast du uns angetan. Was soll aus dir werden. Dein Vater hat recht.

Ich wollte nicht mehr so dahinvegetieren. Ich wollte nicht mehr trinken. Ich wollte nicht mehr das schiefe Lächeln von Genossen Lăpuşcă ertragen müssen. Die Fragen beantworten. Ich fragte mich, was passieren würde, wenn ich nicht mehr hinginge. Und wusste nur zu gut, dass es kein Entrinnen gab. Ich war vorgeladen. Ich musste auf unbestimmte Zeit zur Verfügung stehen. Ich durfte die Stadt nicht verlassen. Ich durfte niemandem davon erzählen.

Vater schrieb einen Brief an die Partei. Einen Loyalitätsbrief.

Vater sagte. All das, was ich in den Jahren geopfert habe.

All das. Kann doch nicht umsonst gewesen sein. Ich wusste nicht so genau, was Vater damit meinte.

Er schrieb diesen Brief. Er unterstrich seine Aktivität. Seine Arbeit im Dienste unserer Gesellschaft. Behauptete, dass er sich nicht schuldig fühle und auch nicht an irgendeine Schuld seiner Tochter glaube. Seine Tochter wäre auf einem gesunden Boden gewachsen. Mit gesunder Ernährung. Sie könne keine Bedrohung für die sozialistische Gesellschaft sein.

Vater schrieb, dass er von all den erwähnten Dingen so überzeugt wäre, dass er dafür mit seinem Leben bürge. Und sollte es sich anders erweisen, sei er bereit, mit der Todesstrafe zu bezahlen.

Diesen Brief bekam ich zu lesen. Unterschreibe es, sagte mein Vater. Unterschreibe, wenn du sauber bist. Ich unterschrieb, ohne zu zögern.

Ich weiß nicht, ob der Brief jemals abgeschickt wurde.

Ich weiß nicht, ob er für mich oder für die Partei bestimmt war. Ob er für die Securitate bestimmt war. Ob er sein Ziel erreicht hat.

Vater schrieb einen Brief. Der Brief liegt zwischen Vater und mir.

Zwischen uns die gleiche Entfernung.

Eines Tages hielt es niemand mehr aus. Ein Abschlussgespräch wurde mir angekündigt. Es sollte in Anwesenheit meiner Eltern passieren. Mein Dossier war ein paar Zentimeter dick. Daraus wurde ihnen vorgelesen. Sie erfuhren einiges über mich, das man ihnen hätte ersparen können. Es hatte nichts mit Politik zu tun. Mit Politik oder Hurerei. Es hatte etwas mit mir selbst zu tun. Und ich glaubte, das ginge niemanden etwas an.

Meine Eltern erfuhren von meinem Roman und meinen politischen Neigungen. Erfuhren von der Demonstration. Vater sagte. Um Gottes willen. Und

Mutter sagte. Aber das ist doch nicht verboten. Sie sagte, das steht in der Verfassung.

Vater meinte, dass die Unabhängigkeit des Landes davon abhinge, dass wir alle solidarisch sind. Dass wir nicht protestieren. Sondern die Schwierigkeiten akzeptieren und versuchen, sie zu überwinden.

Wir haben die Russen im Nacken, sagte auch Mutter.

Viele waren damals der Meinung, die Unabhängigkeit wäre nicht anders zu meistern, als sich von Mao väterlich den Kopf streicheln zu lassen und zu Hause per Dekret zu regieren.

Am Ende des Gesprächs wurden die Schlussfolgerungen vorgelesen sowie die Einschätzung meiner Person, meines Charakters. Meiner Stärken und meiner Begabungen. Und meiner Fehler. Es mangele mir nicht an Grundqualitäten. Sie hielten mich für würdig, dem Vaterland zu dienen. Nach einer Besserungskur selbstverständlich.

Meinen Eltern wurde vorgeworfen, sie hätten bei meiner Erziehung versagt. Die Tochter eines Parteifunktionärs habe sich auf keinen Fall mit Kirchenmalerei zu befassen. Was meinen Vater betreffe, so müsse er damit rechnen, dass sein Fall vor einem größeren Kreis von Genossen besprochen wird und dass man dort entscheidet, welche Maßnahmen man für richtig hält.

Und jetzt, sagte Genosse Lăpușcă, warten wir auf Ihre Entscheidung, Genossin.

Sie werden es bereuen, schrie Genosse Lăpuşcă. Sie werden es zu nichts bringen. Wir haben schon ganz andere scheitern sehen.

Ich sagte, ich möchte Kirchen bemalen und Romane schreiben. Das wären meine Stärken. Ich hätte keine Begabung für Politik.

Ich würde mich verpflichten, jederzeit für mein Vaterland einzutreten, wenn es sich in Gefahr befände. Und sonst würde ich der Gesellschaft dienen, so wie ich es am besten kann.

Mutter war erleichtert. Mutter war zerrissen. Vater war erleichtert. Vater war zerrissen. Ich.

Das Abschlussgespräch war beendet.

Wir gingen nach Hause. Ich ging mit Mutter. Vater kam nicht mit.

Mutter ging zwei Schritte vor mir.

Vater ging zur Partei. Kam sehr spät nach Hause. Für mich kam Vater nie mehr nach Hause.

Vater, der Bürgermeister der Stadt Săvîrşin wurde aus seiner Funktion entlassen. Seine politische Karriere war beendet. Er bekam einen Posten als Kinoleiter. Sein Ansehen, sein Monatslohn, seine Rentenansprüche sanken schlagartig. Er sprach mehrere Jahre nicht mehr mit mir. Er ging an mir vorbei wie an einer Unbekannten.

Sie werden es bereuen. Schrie Genosse Lăpuşcă.

Ich wusste. Wenn ich noch die geringste Chance habe, dann nicht in Arad.

Vater kam sehr spät nach Hause. Er hatte weißes

Haar. Es wehte ein eispeitschender Wind aus dem Osten. Vater war ohne Mütze gewesen. Er hatte weißes Haar und sprach nicht mehr mit mir.

Mutter hatte Kopfschmerzen.

Mutter war hin- und hergerissen.

Vater und ich, wir sprachen nicht mehr dieselbe Sprache. Mutter übersetzte manchmal für mich.

Ich wusste. Wenn ich überhaupt noch eine Chance habe. Dann nicht in Arad.

Ich schrieb ab und zu Briefe. Ich schrieb selten nach Hause.

Ich wusste nicht, was man schreiben kann, wenn man nicht mehr dieselbe Sprache spricht.

Manchmal versuchte Mutter anzurufen. Sie schrie mich an und sagte. Du sollst sofort nach Hause kommen. Ich werde dir schon zeigen, wie man sich zu benehmen hat.

Ich war nie frech zu meiner Mutter. Das hatte sie mir sehr früh beigebracht. Ich war nie frech zu meinem Vater. Eltern sollte man ehren und respektieren. Und vielleicht auch lieben.

Wir wohnten in einer kleinen Stadt.

Wir wohnten in einer immer kleineren Stadt.

Wir wohnten in einer Stadt. Ich fühlte sie in meiner Kehle. Ich spürte den Druck in der Kehle. Ich musste immer schlucken. Um nicht zu ersticken. Ich spürte sie in der Kehle. Der Zollmensch klingelte immer öfter. Es gab Menschen, denen ich immer wieder auf der Straße begegnete. Und ich fühlte mich bloßgestellt. Ich kannte sie nicht. Ich traf sie immer wieder. Es waren Männer. Sie trugen graue Anzüge. Sie hatten einen strengen Haarschnitt.

Die Klingel spürte ich in meiner Kehle. Sie löste einen Schmerz aus. In der Kehle hörte ich eine Glocke. Sie pumpte Geräusche in meine Ohren hinauf. Geräusche, die sich in den Ohren verbreiteten. Bis sie den ganzen Kopf besetzten. Und ich konnte es nicht mehr ertragen.

Vater sprach nicht mehr mit mir. Mutter hatte Kopfschmerzen.

Großmutter war vertieft in ihr Alter. In ihre Vergangenheit. In ihre Romane.

Und Melitta.

In der Kehle pumpte eine erstickende Glocke Geräusche bis in die Ohren. Sie erdrosselten meinen Kopf. Die Männer der Stadt. Sie lächelten mir zu. Sie sprachen mich an. Sie erzählten ihre schmutzigen Witze. Sie hatten graue Anzüge. Und einen ernsten Ton.

Ich verließ die Stadt, sobald es mir erlaubt wurde. Genosse Lăpuşcă sagte. Sie werden nicht allzu weit kommen. Wir haben schon ganz andere scheitern sehen. Der Zollmensch sagte, du kannst auch bei uns arbeiten. Du mit deinen Sprachen.

Ich will Kirchen bemalen. Sagte ich.

In der Großstadt war die Hoffnung auf ein Kunststudium blitzschnell geplatzt. Genosse Lăpuşcă hatte vorgesorgt. Ich wohnte inkognito im Studentenheim. Teilte Bett und Essenmarken mit Hella, einer Freundin aus der Gymnasialzeit. Hella gehörte zur deutschen Minderheit und studierte Germanistik und

Anglistik. Sie wollte mich überreden, das Gleiche zu tun.

Ich ging durch die Stadt. Tagelang. Wochenlang. Ich kannte keine Gesichter. Ich erkannte niemanden. Die Männer in den grauen Anzügen gingen an mir vorbei. Sie erzählten ihre schmutzigen Witze anderen Mädchen, die ich auch nicht kannte. Sie holten andere Mädchen am Eingang ab und brachten sie zum Verhör. Niemand wollte etwas von mir. Ich ließ mich vom Sog der Großstadt treiben.

Ab und zu versuchte ich, einen Brief nach Hause zu schreiben. Mutter unterbrach ihre Kopfschmerzen und schrie ins Telefon. Du sollst sofort nach Hause kommen. Was soll aus dir werden.

Vater wusste aber Bescheid. Das hätte er schon immer gewusst. Nur sie hätte ihm nicht geglaubt. Jetzt siehst du, was du von deiner Tochter hast.

Eines Tages war es so weit. Ich hatte mich entschieden, es zu tun. Ich schrieb an einem neuen Roman. Der andere war konfisziert worden. Er befindet sich heute noch unter den zwei Koffern mit beschlagnahmten Papieren.

Eines Tages war es so weit. Ich suchte lange nach Arbeit. Dann bestand ich die Aufnahmeprüfung und studierte etwas ganz Langweiliges, nur um in der Großstadt wohnen zu dürfen. Ich schrieb an einem neuen Roman und sah, dass die Worte nicht herauskommen konnten. Ich kämpfte, um jedes einzelne Wort zu gebären. Ich dachte, es läge daran. An diesem Wertvollen. Dem Wertvollsten, das ein

Mädchen nicht mehr wertvoll sein lässt, wenn es es nicht mehr hat. Ich entschied mich dafür.

Eines Tages war es so weit.

Die Worte ließen sich nicht gebären. Die Hand war gelähmt und wollte nicht mehr zeichnen. Ich dachte, es könnte daran liegen. Die Großstadt schien unendlich. Es gab so viele unbekannte Männer. Man konnte jeden Tag einen anderen treffen. Und musste ihm kein zweites Mal begegnen.

Die Worte ließen sich nicht nennen. Ich versuchte, sie zu erfassen. Einzuschränken. Damit sie nicht wegrutschten. Ich versuchte, ihnen die Freiheit zu rauben. Und sie widerstanden mir. Ich wusste nicht, ob meine Worte meine Worte sind, oder welche, die ich gefunden habe. Worte, die ich verbrecherisch gebrauche. Missbrauche.

Mutters Worte waren es nicht. Vater sprach nicht mehr mit mir.

Ich war zwanzig oder so. Ich ließ Mutter hinter mir. Vater hatte mich verlassen. Ich ließ meine Stadt hinter mir. Die Männer in den grauen Anzügen. Genosse Lăpuşcă und die Engel in der Kirche. Ich ließ den verlassenen Pfarrer hinter mir.

Jeden Tag ließ ich den Tag hinter mir. Hinterließ etwas, dem ich nicht mehr begegnen wollte. Ich wollte dem Tag nicht mehr begegnen. Stürzte mich in den nächsten. Am nächsten Tag begegnete ich in der Schule Menschen, deren wiederkehrende Erscheinung ich in meinem Leben ertragen musste.

Es tat alles so weh, und ich musste mich erbrechen, um weitermachen zu können. Und manchmal fiel ich in Ohnmacht. Es schmerzte so sehr. Die Knochen. Das Fleisch. Der Schmerz legte sich ums Herz. Und um die Brüste. Um den Körper. Der Schmerz kroch in den Hals und kratzte das Innere leer. Und füllte es wieder mit Schmerz. Neuem. Blutkräftigem. Giftigem Schmerz.

Irgendwann war es so weit, dass mir das nichts mehr ausmachte.

Eines Tages war es so weit.

Ich rief Mutter an und sagte ihr. Ich habe mit einem Mann geschlafen. Du hast mich angelogen. Das alles, wovon du gesprochen hast, das alles gibt es nicht.

Wenn ich in den Ferien zu meinen Eltern fuhr, ging Vater an mir vorbei. Wie an einer Unbekannten.

Ich habe Mutters Grab nie besucht.

Als Mutter krank war, war ich verliebt. Für mich tat sich die Welt auf. Ich kam nach Arad, um sie zu besuchen. Im Krankenhaus waren nur todkranke Patienten, und Mutter wusste es. Sie zeigte mir eine Bibel und sagte. Bete für mich. Ich wusste nicht, wie man betet. Großmutter hatte es mir nicht beigebracht. Ich wusste nicht, ob man überhaupt beten kann. Ob es so etwas in Wirklichkeit gibt. Mutters Schmerzen taten mir weh. Ich saß auf ihrem Bett und dachte an meinen Geliebten. Ich hatte ihn im Krankenhaus gelassen. Er war todkrank. Ich wusste, dass er überleben wird, wenn ich ihn nicht verlasse.

Ich habe Mutter verlassen. Sie sagte. Du hast mir Maiskolben gebracht. Die riechen so gut. Aber ich kann sie nicht essen. Mutter hatte sich gekochten Mais gewünscht. Die Kolben waren auf ihrem Nachttisch. Und sie sagte. Ich weiß, dass du so etwas gern hast. Nimm doch und iss. Der Geruch in Mutters Zimmer war schwer. Mutters Haar war grau. Die Haare klebten an ihrem Schädel. Ihre Haut war durchsichtig geworden. Ihre Haut raschelte. Mutter war jung. Mutter war uralt. Nimm doch und iss, sagte Mutter. Aber Mutter war so blass, und ihre Haut raschelte so sehr. Ich drehte den Kopf. Die Maiskolben waren so blass. Sahen so matt aus. Sie rochen nach Mutter. Mir war übel geworden. Ich dachte an meinen todkranken Geliebten. Ich musste ihn retten. Mutters Maiskolben verwelkten unter meinen Augen. Mutter verwelkte. Der Schmerz blühte auf ihrem Gesicht. Schade, du willst nicht.

Das war unser Abschied. Mutter wusste es. Ich habe sie noch mal besucht. Am Tag, als sie gestorben ist. Ich hatte ihr Blumen gebracht. Ich bin noch nicht gestorben, sagte Mutter.

Wann hat Mutter schon Blumen bekommen. Sie zeigte mir ihre wunderschönen Beine. Siehst du. Siehst du, wie geschwollen sie sind. Ich bin am Krepieren. Ich rufe dich, wenn ich dich brauche.

Ich ging nach Hause zu meinem Vater. Ich dachte an meinen todkranken Geliebten. Er wird überleben.

Mutter hat mich nie gerufen.

Ich habe Mutters Grab nie besucht.

Wir wohnten in einer kleinen Stadt. Und ich habe mich auf nichts eingelassen. Sie werden es bereuen. Schrie der Mann hinter mir her. Ich wollte der Verfolgung entfliehen. In der Großstadt. In der Anonymität ertrinken. Aber alles fing von vorn an.

Den Rest meiner Zeit in Rumänien habe ich in Bukarest gelebt. Die Hoffnung auf ein Kunststudium war endgültig zerplatzt.

Der Arm der Securitate ist lang. Er streckte sich unendlich. Hinaus über Grenzen. Über Zeiten. Vielleicht über den Tod hinaus. Doch kein Arm ist unbesiegbar.

Mein Vater war schon lange aus seinen Funktionen entlassen worden. Er durfte wählen zwischen einem Posten als Leiter einer Recyclingzentrale und dem Posten als Kinoleiter. Vater ging früher nicht ins Kino. Trotzdem entschied er sich für den Kinoposten.

Vater sprach nicht mehr am Telefon und wälzte keine Papiere mehr. Er sprach nicht mit den Menschen auf der Straße. Er sah die Schatten der Menschen. Nahm teil am Leben auf der Leinwand.

Vater musste entscheiden, ob ein Film zu zeigen war oder nicht. Ob er dem Neuen Menschen zuzumuten war. Ob der Neue Mensch daraus etwas lernen konnte oder nicht. Vater musste wieder Verantwortung tragen. Vater erfuhr jede Menge über die Welt, mit der ich durch Briefe in Verbindung stand. Vater fand es unangemessen, den Menschen das alles zu zeigen, was es in dieser Welt zu sehen gab. Er fand es unangemessen, dass es das alles gab, was er aus den Filmen erfuhr. Das gibt es gar nicht. Das haben die Regisseure nur erfunden. Sagte er den anderen. Mir sagte er gar nichts.

XXIII

Vater am Bahnhof. Der Zug mit seinen Geräuschen in meinem Magen. Wir steigen aus. Mein Sohn passt auf die Koffer auf. Ich suche Vater. Ich hoffe, dass er gekommen ist. Und, dass er nicht gekommen ist. Er ist da. Er hofft, dass wir nicht gekommen sind. Wir sind auch da. Vater ist jünger als vor sieben Jahren. Ich weiß nicht, ob Vater mir verziehen hat.

Vater wie ein alter Soldat. Dabei war Vater kaum Soldat. Er ist gesprächiger geworden. Er zeigt sich gern mit mir. Wir fahren gemeinsam in sein Heimatdorf. Ah, mein Enkel. Sagt er. Und wie hältst du es aus in der Fremde. Hast du keine Sehnsucht.

Vater erzählt auf dem Weg. Er redet mit mir über Gott und die Welt. Vater nimmt mich ernst. Fragt nach meiner Meinung. Dann vergisst er wieder, dass er mich ernst nehmen sollte.

Vater erzählt gern. In einer stolzen Haltung. Mit einer leichten Tendenz zur Weichheit.

Vater war kaum Soldat. Für kurze Zeit, erzählt mir Vater im Zug, als wir dann irgendwann in sein Dorf fahren. Für kurze Zeit hatten sie mich sogar als Deserteur gemeldet. Und man muss sich fragen, was das historisch gesehen zu bedeuten hat. Denn, sagt Vater. Denn nichts war damals entschieden. Die Weißen kämpften gegen die Roten in den Bergen. Die Partisanen, meine ich. Man wartete auf die

Amerikaner. Aber davon hast du keine Ahnung. Eure Generation kennt ja die Geschichte nicht. Von nichts habt ihr eine Ahnung. Damals war noch nichts entschieden. Und die Amerikaner. Man wartete auf sie. Man wusste nicht, aus welcher Perspektive das alles morgen betrachtet wird. Und ob das mit diesen Genossen nicht eine Seifenblase ist. Und ob die alten Zeiten nicht doch wiederkehren.

Für kurze Zeit hatten sie mich als Deserteur gemeldet. Erzählt Vater heute. Was er mir früher nie erzählt hätte. Was er überhaupt nicht erzählt hätte. Weißt du. Wir waren so jung. Die Zeiten unklar. Ich war seit einiger Zeit in der Armee und hatte Recht auf Urlaub. Man wollte mich avancieren und mich zum Berufssoldaten machen. Zum Offizier. Man brauchte neue Kader. Ich war der Einzige in meiner Kompanie, der etwas Schulbildung hatte. Da sagte mein Vorgesetzter. Mein Kommandeur. Du, geh nach Hause. Und lass dich bloß hier nicht mehr blicken. Er war ein alter Reaktionär, dieser Kommandeur. Der wollte der Partei nur Trottel überlassen. Ein heller Bursche wie du hat hier nichts zu suchen. Ich wusste damals nichts von Klassenkampf und Sabotage. Das war mein einziger Fehler als zukünftiger Kommunist.

Vater hat sich verändert, seitdem wir uns das letzte Mal gesehen haben.

Zwischen uns steht noch die Zeit der Verhöre. Vater will das nicht anrühren. Reden wir nicht darüber, scheint er zu sagen. Er umgeht das Thema. Er sagt nur. Ich hätte eine ganz andere Rente. Er macht sich keine

Gedanken darüber, wie alles für mich verlaufen wäre, wenn ich Genosse Lăpuşcă niemals gekannt hätte.

Ich wusste es schon immer, sagt Vater. Nichts wird jemals aus dir. Und dass vielleicht doch was aus dir geworden ist. Das verdankst du der Geschichte.

Geschichte. Politik. Unzertrennlich sind sie in den Gedanken meines Vaters. Untrennbar von seinem Leben. Mein Leben. Untrennbar vom Leben meines Vaters.

Lange Zeit schämte sich Vater für mich. Ich wohnte am Rande der Großstadt. Ich lebte am Rande. Ich überlebte. Dann fiel die Mauer, und wir gingen auf die Straße. Besetzten sie mit unseren Lehen. Vater war in Arad und guckte fern. Wir hatten keine Zeit fernzugucken. Es war unsere Zeit. Wir hatten Vaters Zeit ersetzt. Vater verstand die Welt nicht mehr. Er sagte. Und wenn doch noch was aus dir geworden ist. Das verdankst du der Geschichte. Ich sagte Vater, dass wir die Geschichte gemacht haben. Und Vater sagte. Jalta. Jalta. Und alle warteten auf die Amerikaner. Eines Tages waren die Russen da.

Und du mein Enkel. Wann kommst du wieder. Und ob ich dich noch erleben werde. Wie hältst du es aus in der Fremde. Hast du keine Sehnsucht.

Ich habe mir Sehnsucht abgewöhnt. Und doch kommt die Sehnsucht immer wieder. Es ist nicht, was Vater meint. Diese Sehnsucht kenne ich nicht. Es ist die Sehnsucht nach einem Ort, den ich niemals betreten habe. Es ist die Sehnsucht nach etwas, das ich nicht kenne. Ich weiß nicht, ob Vater Sehnsucht hat. Und Glück. Was kann Vater über Glück erzählen.

Vater ist ein fröhlicher Mensch geworden. Im Sommer steht er früh auf und geht in den Garten. Wir haben keinen Garten. Es ist der Garten von Menschen, die nicht mehr an den Sozialismus glauben. Sie haben sich aufgegeben. Ihre Kräfte haben sie verlassen. Sie sind krank und entmutigt. Es sind Menschen, die nicht an die neue Zeit glauben. Die an nichts mehr glauben. Sie glauben nicht an ihren Garten. Vater hat sich auf Landwirtschaft spezialisiert. Es ist ein riesiger Garten. Vater braucht viel Kraft dafür. Aber der Garten gibt ihm die Kraft vermehrt zurück. Vater erntet gern. Er erntet die Kraft des Sommers. Den ganzen Sommer lang. Vater hat einen gesunden Schlaf und eine rosige Haut. Im Winter sitzt Vater zu Hause und dichtet. Und macht Politik. Abends macht er Gymnastik und einen langen Spaziergang durch die Wohnung. Er geht immer wieder durch die Zimmer. Hundert Runden. Damit er nicht aus der Übung kommt bis zum nächsten Frühjahr. Er spaziert im Dunkeln. Er ist ein sparsamer Mensch.

    Vater braucht kaum etwas zu kaufen. Vater gibt kein Geld aus. Nur, wenn es sich nicht verhindern lässt. Er versteht die Welt nicht.

    Vater ist mit sich selbst zufrieden. Seit einiger Zeit versucht er, mit mir auch zufrieden zu sein. Er tut sein Bestes. Es ist keine leichte Aufgabe. Und ich wünsche mir immer noch, es würde ihm gelingen.

Nichts wird aus dir. Zu nichts bist du zu gebrauchen. Du und deinesgleichen. Das habe ich mir lange anhören müssen, als ich noch in Rumänien lebte.

Vater aber hat sich verändert. Er hört mir gern zu. Nur ab und zu vergisst er das. Ich habe mich verändert. Ich höre ihm zu. Ich höre gern, was Vater sagt.

Sieben Jahre sind eine gute Zeit. Eine Zeit der Erneuerung. Des Vergebens.

Du darfst keine Fehler machen, pflegte mein Vater zu sagen. Ich hatte mich darum bemüht.

Du musst lernen, dich zu beherrschen, sagte Mutter. Bis in den Schlaf. Ich habe mich darum bemüht. Mit angespanntem Nacken. Mit angespanntem Rücken. Die Hände verkrampft. Sieben Jahre sind eine gute Zeit. Ich lerne, mir selbst zu vergeben. Fehler machen zu dürfen. Angst haben zu dürfen. Einfach nur zu dürfen. Zu sein.

XXIV

Vater steht am Bahnhof und holt uns ab. Mich und meinen Sohn.

Vater mit seiner Pelzmütze. Mit gläsernen Augen. Er hat sein Leben lang gearbeitet und sich geopfert. Für mich. Für die Familie. Für das Vaterland. Für den Kommunismus. Alles ist anders gekommen. Mutter ist längst gestorben. Die Karriere verloren. Das Vaterland in Elend versunken. Der Kommunismus zusammengebrochen. Seine Träume zerstoben.

Niemals war Rumänien in solch einem Elend wie jetzt. Nicht zu unserer Zeit. Sagt Vater.

Ich habe Rumänien verlassen. Verraten. Lebe im Ausland. Damit musste Vater auch fertig werden.

Vater, wie ein alter Soldat, auf dem Bahnhof. Mit seiner kleinen Rente. Ihr habt die Misere ins Land gebracht, sagt er. Nie war in Rumänien so viel Elend. Nicht zu unserer Zeit.

Vater am Bahnhof. Packt meine Koffer. Er scheint sich auf mich zu freuen.

NACHWORT

Die Architektur des schriftstellerischen Oeuvres ähnelt derjenigen eines im einheitlichen Stil aufgerichteten Gebäudes. Der Stil verbindet die Bauteile miteinander und macht sie zu einem Ganzen. Ebenso verhält es sich mit Carmen-Francesca Bancius Werk, beginnend mit dem Novellenband „Fenster in Flammen" (1992, aus dem Rumänischen von Rolf Bossert und Ernest Wichner) über die bereits deutsch verfasste Prosa bis hin zu dem Roman „Lebt wohl, Ihr Genossen und Geliebten!" (2018). Letzterer lässt sich auch als Abschluss einer Trilogie auffassen, deren erstes Stück die „Vaterflucht" (1998), das zweite „Das Lied der traurigen Mutter" (2007) war. Die drei Teile bilden je einen, auf den inneren Monolog entblößten Familienroman. Als spezifisch an der Thematik erscheint die Erzählperspektive: Es handelt sich um die rückblickenden Bekenntnisse eines Mädchens, bzw. einer jungen Frau, Tochter von kommunistischen Eltern.

„Kaderkind" - In jedem Land des „real existierenden Sozialismus" bezog sich dieses Wort auf die Töchter und Söhne von Funktionären, welche, von außen betrachtet, in machtgeschützter Innerlichkeit leben sollten, deren familiären Konflikte jedoch ganz spezielle Merkmale aufwiesen. Das Leid und die seelische Spaltung solcher Kinder schilderte der ungarische Autor Péter Nádas Mitte der sechziger Jahre in seinem

Erstling „Die Bibel" und später der russische Schriftsteller Wiktor Jerofejew in dem autobiographischen Essay „Der gute Stalin". Allerdings handelt es sich bei den in diesen Büchern geschilderten Eltern um in der Hauptstadt oder im Ausland wohnende, hohe Chargen der Nomenklatura, während Vater und Mutter von Bancius Ich-Erzählerin der mittleren Ebene der Machstruktur angehören und in einer Banater Kleinstadt leben. Der Vater leistet seine Parteiarbeit als Bürgermeister der Ortschaft und die Mutter als Vorsitzende der lokalen kommunistischen Frauenorganisation. Er kommt aus der dörflichen Armut, hat keine Bildung und verdankt seinen sozialen Aufstieg der Partei; sie dagegen entstammt einer bürgerlichen Sippe und bessert durch die Heirat ihre Kaderakten auf. Unglück und Lieblosigkeit sind in diese Ehe hiermit vorprogrammiert. Das alles erfahren wir aus den Reflexionen der Tochter, die sich in ihrer kindlichen Art zunächst gänzlich mit ihren Eltern identifiziert:
Wir waren eine exemplarische Familie. Ich war stolz darauf. Ich war stolz auf jede Last, die ich mit meinen Eltern Teilen konnte. Ich musste selbstbewusst, selbstkritisch und verantwortungsvoll sein. Einfluss auf andere nehmen. Damit die Welt besser wird. (...) Wir wohnten in der Siedlung der Partidul Comunist Român im „Block PCR". Ein fortschrittlicher Bau mit fließendem Wasser und WC, für die fortschrittlichste Schicht des Landes. Und wir gehörten dazu. Im PCR-Block waren alle erwachsenen Mitbewohner für das Wohlergehen des Landes tätig. Nein, sie kämpften.

Im Klassenkampf. Sie waren also Kämpfer für das Wohlergehen des Vaterlandes und das Florieren der Kommunistischen Partei. Ich hatte das unbeschreibliche Glück, zwei politische bewusste Kämpfer in der eigenen Familie zu haben.
Anno 1965 erlebt das zehnjährige Schulmädchen ein historisches Ereignis: Der Altstalinist, Staats- und Parteichef, Gheorghe Gheorghiu-Dej stirbt an Krebs. Der „Block PCR" trauert, „die Väter hatten hängende Schulter und trübe Gesichter". Die Tochter teilt den untröstlichen Kummer der Erwachsenen durchaus: *Abends zu Hause, allein auf dem Klo, zählte ich meine Jahre. Ein Jahr meines Lebens war ich bereit ihm zu schenken. Damit er. Der Präsident. Der wichtigste Mann wieder leben darf.* Die beiden Eltern fahren nach Bukarest zur Bestattung. Die Mutter darf nur in dem Trauerzug mitmarschieren, aber der Vater befindet sich in der Ehrenwache. Und er kehrt mit einer tröstlichen Nachricht zurück: *Wir haben einen neuen Präsidenten. Ich habe mit ihm persönlich gesprochen. Er hat vor einiges zu verändern. Er ist unsere Hoffnung. Er ist jung und schön. Ein stolzer Mann. Er heißt Nicolae Ceaușescu.* Obwohl der Vater den Verstorbenen nach wie vor in Ehren hielt, ging ab jetzt seine Begeisterung und Treue nahtlos auf den Nachfolger über. Zudem blühte mit dem Neuen ein altes Gefühl, der rumänische Nationalstolz, wieder auf.
Unterdessen entbehrt die Tochter, bei aller Identifizierung mit Vater und Mutter, deren Nähe. Erstens in direktem Sinne: Ihre regelmäßige Beteiligung an

landesweiten propagandistischen Kampagnen machte die Tochter entweder zum Schlüsselkind, oder die Eltern brachten sie in einem Internat zu Arad unter. Zweitens, und mehr noch, entstand zwischen Kind und Eltern eine gefühlsmäßige Ferne. Vor allem der Vater, der sich ideologisch an das kommunistische Wunschbild des „Neuen Menschen" hält und auch in der eigenen Familie diesen Typus reproduzieren will, fordert von der Tochter die perfekte Anpassung an die Normen der Elite. Wie es sie berichtet: *Ich hatte mehr Pflichten als die anderen Kinder. Mein Bewusstsein. Mein Verantwortungsgefühl sollte größer sein als die anderen Kinder. Keine kindlichen Entschuldigungen, Keine Tricks. Keine Verspieltheit. (…) Nie hatte ich Zeit. Ich sollte immer etwas tun. Etwas Nützliches. Die Erlaubnis mit Gleichaltrigen zusammen zu sein musste ich mir erkämpfen.*

Selbst das Angebot an Sonderbildung verwandelt sich in Pflichtausübung: *Klavier. Violine. Ballett. Gymnastik. Russisch. Französisch. Englisch. Irgendeinen Unterricht hatte ich immer.* Dieser Drill paarte sich mit verbaler Gewalt: *Nichts taugst du, nichts wird aus dir. Und niemand auf dieser Welt wird dich jemals heiraten, meinte der Vater, um mich zu motivieren.* Und der Terror wurde, besonders wenn man das Kind beim Lügen erwischte oder es vergaß, den Mülleimer zu leeren, direkt körperlich: Man ließ sie den Riemen holen, und nahm ihr übel, dass sie bei den Schlägen nicht weinte. Dabei war der Zorn des Vaters nichts anderes, als Ausdruck der Wut auf das Schicksal:

Er wollte ursprünglich kein Mädchen, sondern einen Sohn. Oder auch ein Ausdruck derselben Lieblosigkeit, welche seine Ehe zu einer Hölle machte.
Eine gewisse Beruhigung brachten die gelegentlichen Begegnungen mit „Mutters Mutter" ins Leben der Tochter, mit der sie ab und zu ins Café ging oder gar in die Kirche. Sie gehörte zu dem geächteten, bürgerlichen Zweig der Familie, konnte die Kommunisten nicht ausstehen und führte die Enkelin sogar heimlich in die Kirche. *Sie trank Kaffee und glaubte an Gott. Sie glaubte an Gott und an das Gute im Menschen. An die ewige Güte glaubte sie. An das Paradies und ähnliche Dinge. Worüber ihr verboten war, mir zu erzählen. Bei uns in der Familie war Gott ein Verbannter. Trotzdem glaube ich, dass es ihn gibt. Und daran war Großmutter schuld. Mutters Mutter liebte ich sehr.*

Das heranwachsende Mädchen rebellierte gegen ihre Kindheit: Nach dem Abitur begann sie sich für die byzantinische Kirchenmalerei zu interessieren und führte Korrespondenz mit ausländischen, auch westlichen Partnern (was von der Partei anfänglich im Zeichen des „sozialistischen Internationalismus" sogar erwünscht war). Parallel dazu bastelte sie an Romanen, die mitunter eine naive Kritik des Bestehenden enthielten. Obwohl sie immer wieder das Gefühl hatte, beschattet zu werden, handelte sie wie ein freier Mensch. Eines Tages wurde sie jedoch in einem schwarzen Auto abgeholt. Zunächst hat man nur ihre Personalien aufgenommen und sie aufgefordert am nächsten Morgen alles Schriftliches von zu Hause mitzubringen. *Und vergessen Sie Ihren Roman nicht."* Sie tat es, lediglich die Tagebücher blieben versteckt. Was darauf folgte, war ein drei Monate lang andauerndes tägliches Kreuzverhör durch den „Genossen Lăpușcă", Offizier der Geheimpolizei Securitate. Drohungen, Wühlen in ihrem Intimleben und Beleidigungen vermischten sich mit Lobesworten, Versprechungen und Appellen an ihre patriotische Einstellung. Sie hatte die anstrengende Aufgabe, die von ihr geschriebenen und an sie gerichteten fremdsprachigen Briefe für das Protokoll ins Rumänisch zu übersetzen. Die Geheimpolizei schien über sie gänzlich im Bilde zu sein. Vor und nach den Vernehmungen musste sie sich von ihren Eltern immer wieder die düstere Frage anhören: *Was hast du getan?* Dabei hat man sie mit keiner direkten Anklage konfrontiert. Nach drei Monaten sollte die Securitate mit ihr ein „Abschlussgespräch" in Anwesenheit der Eltern führen. Davor flüchtete sich das Mädchen in einen Nervenzusammenbruch. Nun bewegte sich etwas bei den Eltern. Von der Mutter aufgefordert, wandte sich der Vater an die Partei, um die Tochter in Schutz zu nehmen. Die Partei reagierte prompt, indem sie den Vater von seiner Funktion ablösen ließ und ihm den Posten eines Kinoleiters anbot. *Er sprach mehrere Jahre nicht mehr mit mir,* resümiert die Tochter.

Die traurige Geschichte wird von einem ebenso traurigen Quasi-Happy-End umrahmt. Die Ich-Erzählerin verlässt gleich nach der Wende ihr Land. Dies ist keine Republikflucht – die Grenzen sind ja offen. Vielmehr handelt es sich um die titelgebende Vaterflucht. Erst sieben Jahre später kehrt sie mit ihrem kleinen Sohn aus dem Westen zurück. Die Mutter lebt nicht mehr, der Kommunismus ist zusammengebrochen, der Vater, *ein alter Mann mit Glaskugeln in den Augenhöhlen*, holt die beiden am Bahnhof ab und freut sich über den Sohn seiner Tochter. *Mein Enkel, sagt er. Er streichelt den Kopf meines Sohnes. Vater kann streicheln!*

Besonders herausragend an Carmen-Francesca Bancius Prosa ist ihre scheinbare Einfachheit. Sie enthält keine langen Sätze, vielmehr sogar einzelne Worte, die im Kontext wie Sätze klingen: „Oder." „Damit." „Ertragen." „Unterdrücken." „Klavier." „Englisch." „Violine." Gleichzeitig wiederholen sich ganze Passagen in einer ahnungsvoll-balladesken Form. Zudem übernimmt sie Ideologien, Worthülsen und Phrasen des Kommunismus ohne Anführungsstriche und setzt sie gleichsam zwischen unsichtbare Gänsefüßchen. Sie könnten sogar als postmodern verwendete Gasttexte missverstanden werden, hätte man nicht gewusst, wie untrennbar in jener versunkenen Welt Wahrheit und Lüge nebeneinander existierten. Oder wie auch heute Trauer und Trost, Verzweiflung und Hoffnung Hände haltend durch die Welt wandern.

– György Dalos

DANKSAGUNG

An das Leben, immer gut zu mir, wie schwierig es auch oft schien.

An meine Kinder Marijuana, Cantemir und Meda, die mir es ermöglichten, das überwältigende Gefühl von Liebe zu erleben.
An Margarete Wagner (Rebeca), die als Adoptivgroßmutter meine Kinder versorgte, während ich in Klausur das Buch unter größter Anspannung schrieb.
An Marianne Wagner, Redakteurin des damaligen Senders Freies Berlin, die mir für ihre Sendung Passagen den ersten Auftrag zu einen längeren Text in deutscher Sprache gab. Und der dann die Grundlage für den Roman wurde.
Unendlichen Dank an meine Freundin Barbara Kessler, in deren Mansarde in der Niklasstr. 78, am Berliner Schlachtensee, ich mich für mehrere Monate eingeschlossen hatte. Als ich aufschloss, hatte ich ein fertiges Manuskript: Vaterflucht
Christine Links von Volk und Welt hatte ihn mit Liebe und Sorgfalt lektoriert und veröffentlicht. Danke!
Inzwischen sind Jahre vergangen und das Buch erscheint in neuem Gewand, gewürdigt durch das Nachwort von György Dalos, dem ich ganz herzlich danke für sein aufmerksames Lesen und die für den Leser aufschlussreichen Hinweise, für sein großes

Wissen im Bezug auf den Kontext des Buches, sein tiefes Verständnis für meine Literatur.

Meiner Verlegerin Catharine J. Nicely bin ich besonders dankbar für Ihr unerschrockenes Vertrauen in meine Bücher, ihren Mut und ihre Entschiedenheit, unbeirrt von schwierigen Zeiten, sich ihrer Aufgabe als Verlegerin zu widmen.

Großen Dank an meine Freunde und an alle, die dem Buch die Chance auf ein außergewöhnliches Schicksal gegeben haben.

Aus dem Programm von PalmArtPress

Carmen-Francesca Banciu
Fleeing Father – Vaterflucht
ISBN: 978-3-96258-048-3
Roman, 310 Seiten, Klappenbroschur, bilingual Englisch/Deutsch

Carmen-Francesca Banciu
Fleeing Father
ISBN: 978-3-96258-083-4
Roman, 162 pages, Klappenbroschur, Deutsch

Carmen-Francesca Banciu
Lebt wohl, Ihr Genossen und Geliebten!
978-3-96258-003-2
Roman, 376 Seiten, Harcover, DE

Carmen-Francesca Banciu
Ein Land voller Helden
978-3-96258-029-2
Roman, 280 Seiten, Klappenbroschur, DE

Carmen-Francesca Banciu
Berlin Is My Paris / Berlin ist mein Paris
978-3-941524-66-8 (EN), 978-3-941524-86-6 (DE)
Erzählungen, ca. 200 Seiten, Klappenbroschur, EN u. DE

Carmen-Francesca Banciu
Filuteks Handbuch der Fragen
ISBN: 978-3-941524-79-8
Roman, 214 Seiten, Klappenbroschur, Deutsch

Carmen-Francesca Banciu
Fenster in Flammen
ISBN: 978-3-941524-65-1
Erzählungen, 200 Seiten, Klappenbroschur, Deutsch

Carmen-Francesca Banciu
Mother's Day – Song of a Sad Mother
ISBN: 978-3-941524-47-7
Roman, 200 Seiten, Klappenbroschur, Englisch

Carmen-Francesca Banciu
Leichter Wind im Paradies
ISBN: 978-3-941524-60-6
Roman, 160 Seiten, Klappenbroschur, Deutsch

Carmen-Francesca Banciu
Light Breeze in Paradise / Ελαφρύ αεράκι στον Παράδεισο
ISBN: 978-3-941524-95-8
Roman, 300 Seiten, Klappenbroschur, Englisch/Griechisch

Karin Reschke
Trümmerland – Kinderland
ISBN: 978-3-96258-042-1
Kurzgeschichten, 160 Seiten, Hardcover, Deutsch

Frederic Wianka
Die Wende im Leben des jungen W.
ISBN: 978-3-96258-050-6
Roman, 350 Seiten, Hardcover, Deutsch

Klaus Ferentschik
Kalininberg & Königsgrad
ISBN: 978-3-96258-043-8
Miniaturen, farb. Abb., 112 Seiten, Hardcover, Deutsch

Sara Ehsan
Bestimmung / Calling
ISBN: 978-3-96258-065-0
Lyrik, 156 Seiten, Hardcover, Deutsch/Englisch

Matthias Buth
Die weiße Pest – Gedichte in Zeiten der Corona
ISBN: 978-3-96258-057-5
Lyrik, 250 Seiten, Hardcover, Deutsch

Wolfgang Hermann
Der Lichtgeher
ISBN: 978-3-96258-061-2
Erzählung, 134 Seiten, Hardcover, Deutsch

Irene Stratenwerth
Hurdy Gurdy Girl
ISBN: 978-3-96258-062-9
Roman, 374 Seiten, Hardcover, Deutsch

Gesine Palmer
Tausend Tode – Über Trauer reden
ISBN: 978-3-96258-041-4
Essayistik, 158 Seiten, Hardcover, Deutsch